生而为女，不必抱歉

[日] 伊藤比吕美 著
Ito Hiromi

董纾含 译

ONNA NO ISSHO
by Hiromi Ito
© Ito Hiromi 2014
Originally published in 2014 by Iwanami Shoten, Publishers, Tokyo.
This simplified Chinese edition published 2025
by China South Booky Culture Media Co., Ltd., Beijing
by arrangement with Iwanami Shoten, Publishers, Tokyo

© 中南博集天卷文化传媒有限公司。本书版权受法律保护。未经权利人许可，任何人不得以任何方式使用本书包括正文、插图、封面、版式等任何部分内容，违者将受到法律制裁。

著作权合同登记号：字 18-2024-244

图书在版编目（CIP）数据

生而为女，不必抱歉 /（日）伊藤比吕美著；董纾含译. -- 长沙：湖南文艺出版社，2025.2. -- ISBN 978-7-5726-2141-3

I. I313.65

中国国家版本馆 CIP 数据核字第 2024S5E552 号

上架建议：日本文学·随笔

SHENG ER WEI NÜ, BUBI BAOQIAN
生而为女，不必抱歉

著　　者：	[日]伊藤比吕美
译　　者：	董纾含
出 版 人：	陈新文
责任编辑：	张子霏
监　　制：	于向勇
策划编辑：	鞠　素
特约编辑：	张晓虹
营销编辑：	木七七七
版权支持：	金　哲
封面插画：	乐　桃
装帧设计：	马睿君
内文排版：	百朗文化
出　　版：	湖南文艺出版社
	（长沙市雨花区东二环一段 508 号　邮编：410014）
网　　址：	www.hnwy.net
印　　刷：	北京天宇万达印刷有限公司
经　　销：	新华书店
开　　本：	815 mm × 1120 mm　1/32
字　　数：	184 千字
印　　张：	10
版　　次：	2025 年 2 月第 1 版
印　　次：	2025 年 2 月第 1 次印刷
书　　号：	ISBN 978-7-5726-2141-3
定　　价：	49.80 元

若有质量问题，请致电质量监督电话：010-59096394
团购电话：010-59320018

前言

我生来就是女人。过去曾年轻，如今已日渐衰老。女人的苦，我大抵尝过。做自己，是我一生的命题。或许我尝到的苦也是因此而起的。如今，我已经能看透一些事，也能给他人提供一些建议了。

要聊聊自己的事，似乎总有些困难。我是一个坚持要做自己的人。此外，我又很不擅长斩断已有的关系。于是，我便不断地和各种人或事产生联结，然后深陷这剪不断的一切之中，挣扎，战斗。我还会一边战斗，一边又珍惜着这千丝万缕的联结，拖着它们继续活下去。这些联结的对象有子女，有双亲，有男人，还有各种各样的其他角色。

当我的人生走到尽头时，我的女儿、男人、朋友，还有周围的所有人，恐怕都会齐齐松一口气，说一声"真是累死人了"吧。这种程度的自知之明，我还是有的。

森本薰的剧作《女人的一生》中有这样一句台词，由演员杉村春子念白：

"这人生路不是别人替我选的，而是我自己选择并走下去的。"

莫泊桑也曾在小说《女人的一生》（永田千奈译）之中写道：

"所谓人生，既没有大家想的那么好，也没有大家想的那么坏啊。"

这些话说得颇不痛快，而且这两名作者还都是男人。既然如此，那我们女人也想写写自己，我可是一直在等待这个机会呢。眼下我已过更年期，和男人的关系也稳定了，孩子们都离开了家，我也送走了双亲。如今正是可以写一写的时候了。

莫泊桑那部作品的原名是《一生》（*Une vie*）。在本书中，我也和很多女人进行了交谈。我将聆听到的每个女人的声音汇集起来，成就了此刻你手中这一本《生而为女，不必抱歉》。

目录

Contents

001 / 尚年幼的女性

女性的模样 / 什么是父母 / 母亲与女儿 / 父亲与女儿 / 你是我的骄傲 / 独生子女 / 争吵 / 漫画

019 / 面对自身的年轻女性

女性的模样 / 母亲与女儿 / 月经与女性 / 单相思 / 减肥 / 腿太粗 / 体味 / 性教育 / 阴茎与阴道 / 自己 / 青春期 / 群集 / 被排挤 / 成熟 / 关注孩子们

047 / 战斗的女性① 性与女性

女性的模样 / 母亲与女儿 / 月经与女性 / 性行为与女性 / 处女·初体验 / 恋爱 / 避孕套 / 自残行为 / 进食障碍 / 异地恋 / 恋恋不舍 / 嫉妒 / 一对一 / 卖淫 / LGBT（女同性恋、男同性恋、双性恋、变性人）/ 执念 / 情人关系与女性 / 自慰 / 色狼 / 女儿的恋爱

087 / 战斗的女性② 社会与女性

女性的模样／本嗓／母亲与女儿／妻子与丈夫／主妇／工作与女性／哭泣的女性／工作的女性／女性的"使用"方法／职场与女性／近邻的目光／抑郁／抑郁的朋友／女性朋友／结婚，离职／面子／丈夫跳槽

121 / 战斗的女性③ 生殖与女性

女性的模样／母亲与女儿／胎儿就是粪便／妊娠／引产／分娩／喂奶／育儿／辅食／内诊／出生前诊断／工作的孕妇／带着孩子／生育治疗／虐待／3岁孩子的神话／猫咪／周围人的目光

153 / 战斗的女性④ 家庭与女性

女性的模样／母亲与女儿／结婚／同居·事实婚姻／妻子与丈夫／离婚／育有子女的离婚／再婚／性行为与女性／家务（厨房）／结婚仪式／贤妻？良母？／出轨与婚外恋／无须犹豫的离婚／恋母／儿媳妇和婆婆／老家与生家／坟墓／为丈夫善后／父亲的死／婚外关系／女性朋友们／嫉妒的对象／男性朋友们／父母的牵挂

199 / 面对自身、不再年轻的女性

女性的模样／美容院／母亲与女儿／妻子与丈夫／妻子的自立与丈夫的自立／女性朋友们／性行为和女性／写作"汉子",读作"女人"／更年期障碍／上年纪／无常／中年危机／身心失衡／运动／空巢／蛰居子女／沉迷／孙子／绝经／出轨

237 / 衰老的女性

女性的模样／死法／母亲的头／生活方式不同／护工／妻子与丈夫／离婚／无法割舍／丧失宠物症候群／女性朋友们／宗教／夜晚的孤独／不好伺候／罹患阿尔茨海默病的父母／阿尔茨海默病有多恐怖／排泄／日托中心／母亲与女儿

273 / 某个女人的一生

309 / 后　记

尚年幼的女性

- 女性的模样
- 什么是父母
- 母亲与女儿
- 父亲与女儿
- 你是我的骄傲
- 独生子女
- 争吵
- 漫画

女性的模样

"我妈给我买的T恤好土。"

〇 12岁

说到底,我们在青春期之前的那些日子,都是按父母的意思来穿衣服的。如果你觉得"土",就说明你终于要进入青春期咯。这真是令人心跳不已,对吧?

什么是父母

"为什么必须听爸妈的话呢?"

○10岁

虽然父母养育我们长大,值得感激,但有时候,不如说是大多数时候,他们都属于会向我们加"咒[1]"的麻烦人物。这种咒是由父母之心、父母之爱的强大"咒念"构成的,所以很难解除,甚至有些孩子都注意不到自己被加咒了。在这种情况下,解咒的行动会被推得更迟,也更棘手。而且,咒越是强大,这个孩子越会变成好孩子——那种公认的、活得很成功的好孩子。孩子越"好",父母的咒就越强;咒越强,孩子就越"好"。你或许以为这是一个闭环,但其实并非如此。早晚有一天,孩子会察觉到这种咒,于是开始蓄力挣脱。但是咒的力量有多强,就意味着解咒的力量要比它更强。我们在拼尽全力挣扎的过程

---

[1] 咒,原文用词,是一种隐喻,意为过度的控制、支配、束缚等。——编者注

中,也能得到充分的锻炼。

所以,孩子在 10 岁左右的时候,还不得不听从父母的话。不过至少要明白,是"不得不"听。那说到底只是父母的咒。父母已经降下了咒,但是还没有人意识到。父母一心坚信这是爱,根本没发觉这其实就是咒。甚至……他们可能都没必要知道。至少在此时就是如此。

母亲与女儿

> "我最喜欢妈妈了,我以后想变成妈妈那样的人。"
>
> 〇 11 岁

我听说这种情况有个说法,叫作"窗满雄的小象[1]综合征"(不知是真是假),小孩子到了某一个时期,是一定要跨越这种观念的。母亲也一样,不要听到孩子这么说,就好像过年过节加上过生日发奖金一样喜笑颜开地光顾着高兴。母亲有做母亲的责任和义务,不由自主就会紧张,试着先耸起肩,随后再让双肩落下,这样一来就能放松紧张的状态了。

母亲要教给女儿的事有很多很多。母亲希望孩子能走自己走过的好路,避开自己走过的歪路。会有这种父母之

---

[1] 《小象》为诗人窗满雄创作的一首儿歌。内容是:"小象,小象,你的鼻子好长 / 是呀,我的妈妈鼻子也很长 / 小象,小象,你喜欢谁呀? / 我呀,我喜欢我的妈妈。"——译者注(如无特殊说明,均为译者注)

情是非常自然的。然而，与此同时，和普通的人际关系相比，母亲在以母亲的身份面对女儿时，她将是绝对的、强大的、令女儿无法否认的存在。

母亲爱女儿，对女儿有所期待，牵挂着女儿。这些对于女儿来说，是一种近乎被加咒、被支配、被纠缠的情感。在日本民间传说中经常能够看到这类元素：传说里，母亲会变身为女巫或者继母，憎恶女儿，幽禁女儿，驱逐女儿，杀死女儿，吃掉女儿，最终也被自己的女儿反杀。我们亲身孕育，用双乳（传统的说法虽是如此，但很多时候并不是这样的）去养大女儿，但我们的存在本身，对于女儿来说就是会带来伤害的，不是吗？

我们每一个人，都是独一无二的母亲。女儿也一样，各不相同。无论哪一个女儿，无论以什么样的形态，每个人，都在过着属于自己的人生。

作为母亲，要守护、接受自己的每一个女儿，让她们人人都能切实地掌握那个人生真谛——我属于我自己。为此，总有一天母亲们要学会一件事：投射给女儿们的，应不仅是疼爱、期待、关切。冷淡、放手、遗忘……这些也都将是必经之路。

父亲与女儿

> "妻子正怀着孕,怀的应该是个女孩子。我在家里是独子,所以想请教一下养育女孩的基本常识。"
>
> 〇 35 岁

其实,每个孩子各有不同(标准答案)。笼统点讲,母亲作为女人,看女儿时会有又经历了一次过往人生的感觉。但是,只是有相同的经历而已,二者人格并不同,所以那种经验是不顶用的。很多时候,母亲还会过度共情孩子,或是因为孩子长得太像自己,反倒不理解孩子。所有这些,都会让母亲陷入焦躁状态。

抚养女儿,对于身为男性的父亲来说是前所未有的经验。不过我想,"因为你是女孩嘛"或者"女孩子家家的"这种话严禁提及,这应该不需要我强调吧。

我希望,你能赠予她无限的可能。不论你的女儿是否会主动前进,我希望当"可能性"摆在她面前时,她不会胆怯,犹豫,放弃……希望她一丝一毫也不会出现这样的情况。

作为父亲，应该以身作则，全身心地理解身为女性的女儿，保证女性在家庭之中的自由。例如，对妻子的态度，处理家务的方式，用什么方式看电视，谈及社会上发生的一些事件时是何种看法，等等，这些生活中的方方面面，都能体现出你的立场。

最关键的是青春期。你的女儿会被青春期带来的成长的痛苦和烦恼搅扰得心神不宁。而你们夫妻也逐渐变得不再年轻，对生活感到筋疲力尽。在这段时期里，你和你的女儿之间必然要产生猛烈的碰撞。

身处青春期的年轻女性，会从生理和情感两方面，对男人的存在和男性特征产生反抗之心。这已不是女儿和父亲的个人关系了，而是女性与男性、种源与种源之间爆发的代理人战争。不必把这件事放在具体的个人身上去思考。届时，请在心中默念"代理人，代理人"，然后顺其自然，面对女儿的焦躁打个太极搪塞过去，这是个好办法。话虽如此，但如果选择直接溜走不在场，那从此以后你在你的女儿面前将再无容身之地，所以还请不要逃避。

正处于青春期的女儿对于母亲来说同样棘手。所以，如果父亲直接做了"甩手掌柜"，选择逃避，那对于母亲来说未免太辛苦了。所以万万不要逃避！虽然可能会痛彻心扉，但请不要畏惧可能遭受的攻击。

要对付青春期的焦躁不安，尤其该注意哪些呢？我举个两三点吧。

首先是味道。

关于体味，在我看来是没必要遮掩的，但不清楚年轻的女性是否也这么想。我认为，男性应该保持一定的敏感度，明白自己的体味和年轻女性的不同。还有屎味和屁味。这些也不是能尽数遮掩的东西，但只要能有心注意到"这些都挺臭的"，也就够了。

认为以上这些东西"必须被遮掩起来"，这是女性的文化，也是女性被社会逼迫着接受的一种文化。而"不遮掩也无妨"的男性文化，则令男性在这些方面毫无挂碍，显得理所应当。正值青春期的女性遇到一些事总会被激起反抗之心，所以对这方面也会十分敏感。

还有更为重要的一点，就是要倾听女儿的意见。可惜的是，青春期的女孩还不够成熟，所以她们的意见大抵很幼稚。但也不要觉得不值一听，不要不分青红皂白地去否定。要听，无论如何，要听下去。而大多数人，尤其是父亲，他们总是声称自己在听，但其实根本没听。孩子还小的时候，他们可能还愿意听听。等孩子到了青春期的时候，大部分父母就做不到这一点了。或许父母会觉得，"我们也是有主观能动性的"，"谁会对孩子言听计从啊"。我都懂，但希望你理解我的意思。

作为母亲，会有一种自己的舞台（过去数十年一直作为首席女演员在台上舞蹈的地方）暂时借给女儿用了一段时间的感觉吧。大部分孩子会在以后的日子里一边苦恼着，一边开始在自己的舞台上起舞。但有时也会出现在台上摔跟头的孩子。于是，母亲就把自己的舞台借给孩子用，送她一个首席演员的身份，而孩子当了主角，翩翩起舞的这段时间里，母亲就一直充当女巫或者民族舞的群舞舞者等一类的角色。不好意思，这部分内容估计只有读了很多芭蕾漫画的女孩子才能懂吧。那如果想读懂，就请你也去读读芭蕾漫画吧。

你是我的骄傲

"常听到'你是我的骄傲'这句话，这是从英语直译过来的吗？"

○ 30 岁

正是直译的。这种说法在日语的语言文化中并不会出现，然而最近却常听到这句话。这可真是出大事了——我们用不同的语言表现出来的、我们文化之中的亲子关系，竟然就像这样，用一种类似汉堡包或者炸鸡块般的说法给表现出来了，这可太令人头疼了。这么做不会连内容都变质吗？——我本来是这么想的，但是又仔细一琢磨，这不也意味着这种表达是有必要的吗？因为这种意思用日语横竖都无法表达，在日本的文化里没有这种概念啊。再想想，这不就是我们非常非常想说出来的话吗？就和外来语一样，因为日本原本没有那种用鸡蛋、面粉、砂糖做出来的软绵绵的点心，所以就只能用"Castella"（长崎蛋糕）这个词形容；因为没有挂在肩上的斗篷状衣服，所以就用"capa"（雨衣、披肩）来形容。不，其实不用追溯到那种程度，computer（计算机）、gender（性别）、identity（身份）、sexuality（性）、sensibility（感情）、diversity（多样性）、sexual harassment（性骚扰）、domestic violence（家庭暴力）……哎呀，那些只能用片假名的外来语表达的，甚至故意要使用外来语表达的内容，真是要多少有多少。

关于你提到的"你是我的骄傲"（I'm proud of you.），其实用片假名的发音直接拼出来也完全可以，但是大家却特意把它译成了日语。同样是使用多个单词的"lord of the rings"（指环王）和"dances with wolves"（与狼共舞）就是直接维持原样，没有翻译（而且保留了英语的错误）。但大家没有想过直接用"I'm proud of you."，这也让我感受到了日语的良心所在。此外，也能切实体会到日本的父母想要表达这种感情的心理。

像"我爱你"这种说法也属于英语文化。父母对子女，子女对父母在互相问候的时候会随口说上一句"我爱你"。但是这种表达并未被"进口"到日本。"我爱你"没有得到渗透，但"你是我的骄傲"却被渗透了进来。从这一点上，似乎也能感受到日本文化的根底之中汩汩奔涌的儒教道德观，该不会只有我一个人是这么想的吧？

独生子女

"大家总说独生子女好可怜。"

○ 36 岁

这个什么独生子女可怜论真的是滑稽至极。我就是独生女，我一直活得心满意足。或者说，因为打出生就没有兄弟姐妹，也没法想象那是什么样子，所以压根儿就没有过想要个兄弟姐妹的愿望。父母和我是二对一的关系，所以我自然总有种"被盯着"的感觉。但是，因为这种感觉而变得消沉，或是将其转变成动力，这全都要凭孩子自己来决定不是吗？

独生子女也有弱点，就是不习惯吵架。别家的独生子女也是这样的观点。就是说，独生子女大多生性温和，比较倾向于躲避争吵，回避冲突。不过一旦产生冲突，那我们大多会有"撕个鱼死网破"的心理准备。有兄弟姐妹的人则会比较习惯吵架，所以大多更固执些，没那么细腻。但是，他们在人际关系方面比较有韧性，拥有一份到哪儿都能吃得开的底气。到了需要照看父母的时候，独生子女需要独自扛下全部责任，不过一切行动全凭自己。如果拥有兄弟姐妹，大家就能分担看护工作，不过手足之间想法不同，还要介意彼此……说了这么多，但我自己生了一个孩子之后觉得实在有趣，结果没忍住生了三个。想再多生的朋友，尽情去生吧。不想生的朋友，不生也是完全OK的，就是这么回事。

争吵

> "我们家是8岁和10岁的姐妹俩。
> 她们总是吵架,搞得人非常头疼。"
> 〇 40岁

要吵就让她们吵呗。我觉得吵架这种事不分姐姐妹妹,不分女人男人,其实,也不分谁对谁错。如果情绪激烈到了要诉诸暴力的时候,再进行阻止。除此,静观其变就好。

不过,倘若是家中独子在外面和朋友起了冲突,哭着回来,那就要尽全力去做孩子的后盾。你说这样太惯着孩子了?在这么广袤的人世间,唯有父母才能够全方位地去支持孩子。要是连父母都不做孩子的后盾,那这个孩子的人生将何去何从?所以,父母要尽全力去支持自己的孩子。至于判断对错和自我反省,就先等事态平静之后再做吧。

漫画

"我爸妈禁止我读漫画。"

〇 10岁

找个父母看不到的地方读就好。

我明白你父母的想法,因为漫画很危险。它含有一种特殊的化学物质,就好像我们俗称的毒品一样,会让人上瘾。读着读着就停不下来了,以致废寝忘食。最让人头疼的是,逐渐地,你就不会读书了。

这个化学物质的详细内容如下:

在漫画中,图画、声音(虽然只是拟音)、文字结合在一起,信息量极为庞大。这是单纯的文字难以比拟的。而且,漫画有少女漫画、少年漫画、面向较年轻人群的青年漫画、面向较年长人群的青年漫画,目标人群非常具体,它能够准确地将目标人群想看、想读的欲望具象化。而且,漫画并不是漫画家独自完成的,而是其收集了整个社会的声音,和读者共同创作出来的。这就是漫画的本质。

在我儿时，那已经是五十年前了，当时的少女漫画和现在的大不相同。那时候出现在少女漫画中的少女们，都是瘦瘦的，有金色头发和一双大大的眼睛。无论想象力多丰富，也很难把漫画里的主角和自己重叠到一起。于是，已经拥有一定自我意识的少女就只能去读少年漫画，然后将自己放进其中少年的形象里。比如自己变成乘坐战斗机器的少年，比如化身机甲和邪恶力量战斗的少年……那就是当时的我们。而远远眺望那些少年的少女，也是当时的我们。就好似一人分饰两角一般。也就是说，我那个年代的女孩子们的榜样之中，不存在女性，所以我们也就拥有了自在变化的自由。

如今，少女漫画中存在很多能做女孩子们榜样的主人公。为女孩子们创作这样的角色，这无疑是件好事。但是，这样会不会让我们和"榜样"之间的距离缩得太短了，搞得人提不起劲头呢？我也曾有些婆婆妈妈地如此操心着。

少年漫画中的少女们虽然是非现实的，却又十分生动。我又时常会觉得，把这样的角色当成榜样，好像也不太合适吧。

想要避免患上"漫画依赖症"，就别在年纪太小的时候过于沉迷漫画，这是实话。不过，如果在年纪还小的时候都不沉迷，将来在漫画文化方面就会损失不少，这也是实话。毕竟它是诞生自日本文化的，不接触实在太浪费了。沉迷、沉沦，除了它什么都做不了，走到无可救药的田地——可能必须得到这一步才行。SNS（社交网站）也是如此，动画、游戏，恐怕也都是如此。男人也是，酒精也是，文学也是……漫画自然也是，活着就是如此。

面对自身的年轻女性

○ 女性的模样

○ 母亲与女儿

○ 月经与女性

○ 单相思

○ 减肥

○ 腿太粗

○ 体味

○ 性教育

○ 阴茎与阴道

○ 自己

○ 青春期

○ 群集

○ 被排挤

○ 成熟

○ 关注孩子们

女性的模样

> "一直都在穿校服,我都不知道该怎么打扮得潮一点。"
>
> 〇 16 岁

时髦的打扮需要看 TPO[1] 原则,而在看 TPO 之前,还需要有一个目的。这个目的在人生的各个阶段有着明显的区别。你这个年纪的目的,需要你自己去寻找。

在此我想给出的建议是,尽量打扮得奇特一些吧。那些家长劝你穿的衣服,最好别穿。

对于女儿,父母有他们自己的愿望和期待。但不知为何,他们心中的那个女儿和现实之中的女儿会有微妙的差距。其中总归会加进一些想象的成分。所以,就算是为了让父母们清醒清醒,也一定要拒绝按照他们的喜好去打扮自己。你要装扮成他们讨厌的样子,这是发自切身的反

---

1 TPO,即着装要考虑到时间(time)、地点(place)、场合(occasion)。

抗。所谓时髦，就是靠这种切身的反抗成立的。穿松垮的裤子、松垮的长袜，染茶色的头发，一点一滴地去做，渐渐地大家都会去这么做了，父母也看习惯了，这也不会被当成反抗了，那做这些的意义也就没了，流行也就不再流行了。

母亲与女儿

"面对父母时,我感觉自己不再像以前那样听话了。"

〇 14岁

没错没错,这样就对了。

月经与女性

"经前反应太严重了,很难受。希望这种东西能消失。"

○ 15 岁

在排卵期,子宫内膜会增厚,排出的卵子如果受精并附着在子宫内膜上,就是怀孕。如果没有怀孕,子宫内膜的一部分就会逐渐坏死,脱落,和其他一些废弃物质一起排到体外,这就是经血。这个原理我猜你已经知道了。

也就是说,来月经,就是未受孕的表现。对于女性身体来说,"巅峰"其实是排卵,而月经则是它的残留物。但是排卵就好似季节变迁一般,无法太过视觉化,只是一种比较朦胧的、不确定的感觉,大部分人自己是感受不到的。这就使整件事比较复杂了。

另外,月经是赤红的、华丽的、惹眼的。不过,它毕竟是排泄物,所以被人称作"秽物",遭人嫌弃。也就是说,月经是最好懂的,我们将它看作"女"性的标准。

在初高中的年纪,关于月经的实际感受说到底就是两个字——麻烦。每个月，都要被收拾这个烂摊子的任务追着跑。社团活动只能请假（游泳部）。月经前感觉身体又沉又不舒服。小肚子疼得令人心生憎恶，甚至打滚。入睡期间整个下半身都浸在血海里。

不过，我想最让我难受的还是母亲传授给我的月经观吧——月经很讨厌，很羞耻，需要把它藏起来。这种思考方式给我带来很大的阴影。把那东西包起来再扔啊！别进澡盆！别漏到外面！别被人看见！来自母亲的咒甚至会落在这样的地方。如今仔细想来，那或许也是我在青春期时无法喜欢自己的理由之一吧。

尤其麻烦的是处理用过的卫生巾。现在的卫生巾可以卷起来，卷成一团，然后再用新换的卫生巾的外包装裹好，用胶条（卫生巾外包装上就有）封好，扔掉即可。但在过去可没有这样的设计。过去的卫生巾大得像张垫子一样。用过的卫生巾因为体重的作用，再加上吸收了湿气，形状也会塌掉。母亲告诉我要用草纸、厕纸把卫生巾卷起来扔掉，但是这东西体积太大，光是要把它包起来就很费劲。我以前常想：啊啊，这世界上要是能有一个地方，在那里可以随意丢掉卫生巾，或者允许经血直接流出来该有多好啊。

单相思

"我总是在单相思。真讨厌自己这样满脑子只有男生的人。"

○ 12 岁

早晚有一天，等你再大一点的时候，你或许会和一个男孩子缔结这样的关系：你们相处得亲密、愉快，你们有时会满腔苦恼，有时又会幸福无边。不过，眼下你对这种关系的准备还没有到位，而单相思，就是对以后那段关系的预先练习。像是偶像、演员、漫画里的主人公一类的，对早于单相思出现的这些东西一头热，也会让人失去斗志。

减肥

> "我很胖。请告诉我一种最好的减肥方法吧。"
>
> 〇 15岁

最好的减肥方法,就是好好花费时间去减肥。熟识营养知识,了解自己的身体,不要去憎恶自己的身体,好好吃饭,好好运动,不要去在意他人或者电视、电影、漫画、动画里强加给女性的那些标准,要致力于练就清爽健康的肉体。否则,你会一辈子都生活在体重带来的烦恼中。这就是"体重的咒",体重的咒和母亲的咒差不多一样可怕。而当体重的咒和母亲的咒纠缠在一起的时候,你就有可能被进食障碍这样一种难缠且难愈的疾病侵袭。所以一定要避免这种情况的发生。

我们先从"为什么想变瘦"这个问题开始思考吧。

因为瘦点更美。因为瘦点更适合穿衣服。当然了,连我也是这么想的。但是,那个"适合"是谁的想法?是他人的想法。适合这种衣服的女人很可爱,很美,很棒——

这些想法，也都来自他人。轻而易举地被他人的价值观牵着鼻子走，从而否定自身，你觉得这样真的好吗？

一个好的减肥方法，首先是不要去憎恶食物。要记得：什么食物都能吃，没有什么是不能吃的。

其次，不要去计算卡路里。一旦开始计算起来，就会陷入数字的旋涡之中，迷失自我。

再次，不要测体重。话说回来，太多想减肥的人，往往会将瞬间最低体重记成自己的真实体重。

最后就是熟识营养知识。要了解碳水化合物、蛋白质、维生素、钙等营养元素，明白人体必需的物质都是什么。不过，记得别计算卡路里。否则又要陷进数字的陷阱之中，看不清自己的位置了。计算卡路里，是伴随着沉沦的危险的。

还有一个悲伤的消息，就是要控制糖分和脂肪的摄入。不过，吃点没关系。只要别吃过量就好。不要吃到饱。别吃撑，也千万别饿着。

现在回忆起来，我年轻的时候就曾因为过度减肥，不幸得了进食障碍，痛苦极了。当时的我非常憎恶食物。因为憎恶，所以不吃，不想吃。但是，不吃就会饿肚子。在很饿的时候，虽然脑子里想的是"不想吃"，可身体却必须摄入食物。所以还是吃了。一旦吃起东西，我又开始厌恶起这个吃东西的自己，厌恶自己吃的东西……一直都在这样恶性循环。我生活在现代社会，双亲健在，进了大学，读着漫画，我本来过着如此普通的生活，可却像是个生活在战争和饥荒里的人，心中充满了饥饿、荒蛮、恐惧、憎恶。请你千万不要变成我当年的样子。

对了，对减肥比较有效的办法，就是把吃过的东西写下来。我们可以通过记录，来观察自己。这样才能将自己的饮食方式，方式的变化，还有想法的变化搞清楚。

也就是说，我们的目的，其实是"自己"。

这就是我建议的减肥方法。直说吧，就是不要减得用力过猛。我们在年轻的时候稍微多吃点或者少吃点，都能轻轻松松增减体重。所以肯定有其他能更快速减重的方法。从某种意义上讲，如果拒绝将"不健康也可以，有风险也可以，只要能瘦就行"等魔鬼的低吟听进耳朵，那就没法获得太有效果的减肥方法。而如果已经把这种魔鬼的低吟听进去了，那带着一种冲破禁忌的狂妄心态，卷进进食障碍的旋涡，难以脱身，备受折磨，最终或许也能抵达人生的某种真实的境界吧。没错，不论经历了什么，在人生道路上都不算白费。不过，作为过来人，我只能坚持提醒你，不懂以上那种苦的人生道路，一定更好走一些。

腿太粗

"大家都说我是萝卜腿。"

○13岁

"萝卜腿"是经常被拿来形容女性腿部的套话，这个词本身大概并没有包含太多个人感想的成分。就好像那句骂人话"你妈凸肚脐"一样，这么骂，也不意味着实际调查过对方的妈妈是不是真的凸肚脐。

我读小学高学年时的某一天，就被男同学喊过"萝卜腿"。嘻，这也是常有的事了。我胖，这是事实，所以我听到之后也没太在意。不过那天我突然思考了起来：我一直吃萝卜，没想过太多，也一直长着一双腿，然后，被很多人喊"萝卜腿"。那萝卜和腿究竟哪儿像了呢？于是，我在放学回家的路上特意跑去蔬菜店，比较了一下店里卖的萝卜和自己的腿。于是，我得出了一个惊人的结论——我那双胖乎乎圆滚滚的腿，从粗细的程度来看，没有任何萝卜比得上。要是有哪个女孩子的腿和萝卜差不多粗，那她的腿应该属于"很细"的那种了。

我当时觉得，人说话真的很随意。喊"萝卜腿"的人，也不是通过仔细观察得出来的结论，而是说了句套话（我当时还不知道有"套话"这个词），是一种先入为主的想法经过日积月累形成的一种形容。那我们凭什么要被这么敷衍的一个词伤害到呢？我当时非常明确地认识到了这一点。从那以后，每当有人喊我"萝卜腿"时，我就在心中一阵冷笑："这群家伙真是词汇匮乏，姐的腿可比萝卜粗多了。"

体味

> "我体味很重,一直对这件事特别纠结。"
>
> ○ 16 岁

你能喜欢上自己的体味吗?

其实我也是体味很重的人。读小学的时候是奶奶和我一起睡的。当时奶奶就说:"你呀,和你爸一样有狐臭。长大了可要多注意。"所以从那以后我都很注意。据我自己观察,体味最重的部位是腋下。但我同时也发觉,越刮腋毛味越重,越用止汗剂味也越重。不过,闻着闻着,我倒逐渐开始觉得,这种气味好像还蛮有吸引力的。虽然方向不一样,但我的体味和花朵的味道本质上应该也没什么差别,不是吗?后来我听说狐臭和耳屎之间也有关联。就是说,有狐臭的人,耳屎是饴糖状的。如果一个人的耳屎呈饴糖状,那他很可能就是绳纹人[1]的后裔,遗传了老祖

---

1 绳纹人是日本绳纹文化时代的居民的统称。

宗的这一特点。听说了这一点后我恍然大悟：哦哦，原来在那时候，我父亲的母亲，是从我身上嗅到了自己的儿子遗传给孙女的气味啊。

就这样，在我逐渐深入思考自己体味的这个过程中，我彻底爱上了自己的体味。我是生活在这个社会之中的成年人，我明白我所处的这个社会是不太接纳狐臭的。所以在人前我会用止汗剂压住狐臭。其他时候我就随它去了。有时候闻到自己的体味，我还会不住地对自己点头：啊啊，是我是我，这就是我。

性教育

> "我想为读高中的女儿科普一下性知识。请问该从何教起呢?"
>
> 〇 44 岁

到了高中才教吗？太晚了。应该再早些，早在孩子正要进入青春期，还没有开始月经的时候，就在家里大大方方、没有顾忌地谈月经这个话题。这样才行啊。而且，要让孩子意识到，做家长的并没有回避这种话题。让她们觉得家长是值得信赖的，是可以无话不谈的。

比较核心的思想是"我属于我自己"。虽然这样讲听上去很危险，但性教育的终极就是"一切皆有可能"。

无论孩子拥有怎样的性别认同，嗯……这么说或许有些难懂，我换一种说法。孩子在性别角度有着自己的倾向，那么就算这种倾向在大众眼中可能并非多数，是一种相对特殊的性倾向或性癖，如果孩子告诉你们"这就是我"，那么也请家长接受"你属于你自己"。

当然别忘了教孩子做好安全保护措施。这样可以避免一些性感染，还可以避免非自愿妊娠。

至于性交行为，这或许是无法避免的。对于十几岁的女孩子（其实就算到了二三十岁也一样）来说，其实比起性欲本身，她们往往会为了确认自己、为了逃避父母、为了在心理层面生存下去，只好去选择这一手段。这种情况太多见了。在父母看来，想做到以上几点，其实还有其他办法可以实现。但小孩子是不懂的，她们只能胡乱向前冲。

千万不要不分青红皂白地就去否定孩子。否定产生不了任何东西。不过，我又会这样想——父母必须把自己的意见，把自己那些出于为孩子考虑而产生的各种各样的意见都一股脑地说出来才行。即便说出来之后会招致孩子的反抗，也不能放弃。因为这就是父母该做的。

关于性教育，请赋予孩子两个武器：一个是"我属于我自己"的思考方式，一个是保护自己的措施。接下来，当她们走向人生的战场时，我们在内心祈祷她们平安归来吧。

阴茎与阴道

"我特别想了解这些。为什么我会对这些这么感兴趣呢?"

〇 12 岁

"想了解",有这种想法很好。那就多多去观察,去调查,去了解吧。不看就永远不知道。不知道,就什么都看不到。所以去看看吧。那就是一切的开始。

自己

"关于'我属于我自己'这件事,我从来没想过,所以不太理解。请问怎么才能做到这一点呢?"

○ 15 岁

每天早上起来的时候,想想"今天想吃什么呢",然后当天一定要吃到心里想的那个东西。就这样反复实践,你就会知道自己想吃什么了,也就是说,会主动思考自己的意愿,会明确地理解自己,这样就能做到"我属于我自己"了。

这个办法是我的朋友、料理研究家枝元直美教我的。非常简单,也很好坚持。请一定试试。

青春期

> "我女儿遇到什么事都要顶嘴,真的不知道该怎么管教她。"
>
> ○ 40 岁

孩子在这个时期就是会产生强烈的反抗心理。做出反抗行为的虽然是那个孩子,但总感觉孩子好像被什么东西操控了,又像是被某个疯狂的魂魄附体了。等几个月或者几年过去,那个疯狂的附身物自己就会退去。而被留在原地的孩子,已经不再如之前那般纯真,而是以一副向着成年人更进一步的模样,坚实地站立在大地之上了。

我在第一个孩子经历这一时期的时候也吓了一跳,但到了第二个、第三个孩子的时候,我就大概能看出这是年轻人特有的状态……不如说,是因为那段时期已经过去了,所以我现在才能这么说吧。实际经历这段时期的时候,我也是束手无策的。因为我会遭受孩子的攻击,而遭到攻击后反唇(防御)相讥(反击),这是生物的本能。

我的大女儿会对着我爆发怒火。二女儿则是向内爆发，看上去像是在严重地内耗。小女儿性格温和，但也实实在在地对包含她自己在内的一切都怒气冲冲。三个女儿三个样子。

说实话，我真的一点解决的办法都没有。即便如此，我还是努力直面狂暴的孩子，直面痛苦、苦闷的孩子，尽全力站在孩子们的视角看世界（但基本做不到），也试图听她们诉说（但基本做不到），就只是听她们诉说（非常难做到，毕竟爸妈不是心理咨询专家），不过，光是倾听，也非常有帮助。

> "儿子实在太烦人了，我总忍不住训他，然后我们就吵起来了。每天都是一地鸡毛。"
>
> 〇 46 岁

在孩子的幼儿期，我们教育孩子怎么吃、怎么睡、怎么玩。而到了青春期则更进一步，跨入下一个高度：要教育孩子如何作为一个人去生活。作为母亲，也要照我之前说过的那样，遇到不高兴的事就明确地发表反对意见，去争吵。这才是青春期的孩子（无意识的状态下）所期望的，也是父母应该采取的态度。

不要惧怕和孩子产生冲突，不过也不要被争吵和怒火牵扯太多。请记得：就算前一晚大吵大闹了一番，第二天也要不计前嫌地正常相处。像这样的努力，虽然孩子做不到，但家长是能做到的。不论生了多大的气（虽然肯定心里还是不太愉快，不太痛快）都 OK。不爽了就把火气发出来，一家人要坦诚地表达情感，这一点非常重要，它同时也是我们生活中必须掌握的技术。相比起父母与孩子，我们更应该站在人与人的立场上，去接受可以接受的一切。我认为，这种随和的态度是非常必要的。让对方适度任性并且信任对方，这种勇气也是非常必要的。为此，就需要有倾听孩子表达的态度和习惯（当然，觉得不爽也别多顾虑，发火就好）。

> "我和正念初中的孩子最近关系很差。而且我丈夫对这件事视若无睹。"
>
> ○ 38 岁

你就暂时当你老公是废物好了。就连那些平时参与育儿的男性，在女儿青春期的时候都起不上作用。而那些本来就不想参与的男人肯定更没用了。在我看来，错过参与孩子青春期这样一个重大时期，是非常可惜的。不过，也有活用丈夫的方法。青春期的孩子一般不会和父母双方都很不和，他们大多采取和父母中的一人关系变差，和另外一个人保持还算和平的态度。有点像跷跷板一样。也就是说，你可以把你丈夫拉出去"献祭"，确保你们母子关系和睦。当愤怒的矛头指向你丈夫的时候，请你不要站出来批判你孩子的态度和看法，保持旁观吧。

群集

> "班上的同学们被分成了几个小团体,我感觉很拘束,但是又没法无视……"
>
> 〇 13 岁

人是群居动物。那些离群索居的人之所以感觉自己"不合群",正是因为人的"群居动物"属性。中学时期的小团体并不像小学时的那样毫无疑虑,而是给人一种总是在疑神疑鬼,似乎一切都不安稳的感觉。大家一边成群结队,一边心里又会想:"不对,我原本并不想这样和大家抱团的。"在一个小团体里,蔓延着伤害他人的残酷、无所顾忌。但进入初中,明明是所有孩子的情绪都开始越来越敏感纤细的时期啊,想来真是不可思议。等以后你成长为一名成熟的女性,你就会明白:原以为同学们个个都无忧无虑地聚在一个小团体里玩乐,可事实上,所有人当时都和你一样,觉得拘束别扭。

被排挤

> "班级里有个坏心眼的同学故意无视我。大家也都听他的。"
>
> 〇 13 岁

虽然很想告诉你,其实迟钝点就好,但是因为被无视而感到苦恼的人,本来就已经是纤细敏感的性格了。所以对于你来说,变得迟钝,就意味着变得不像自己了吧。我过去是个蛮迟钝的人,所以在和你相同的遭遇下,我一般会采用"不在乎""不靠近"的手段。

不论发生什么,人和人的关系里都有这样一个原则:改变自身要比改变对方更简单。这一点也适用于儿媳妇和婆婆,以及妈妈和处在青春期的女儿的关系上,感情淡漠的夫妻关系也同样适用。

成熟

> "一想到以后要变成一个成年女人，我就觉得好可怕。"
>
> 〇 13 岁

成熟意味着胸部会鼓胀起来，屁股变圆变大。穿女人的衣服、女人的鞋，化妆，取悦男人。可能还会怀孕，挺着肚子走来走去。成熟真是件可怕的事——一直到30岁左右，我都是这么认为的。不可否认，我的身体在逐渐成熟，在拼命活下去的日子里，有一天我恍然意识到：我已经不能用成长的成熟，而是应该用老去的成熟来形容自己了。我想，这也是成熟的形态之一吧。

关注孩子们

> "我女儿不愿意去学校。真不知道该如何是好。"
>
> 〇 42 岁

在这件事上，针对不同孩子有不同的对策。不过我的建议是，作为父母，首先应该去关注孩子。父母这边经常会出现自以为在关注，其实并没有关注的情况。看着那些父母，我真的觉得他们根本没在看。因为不想看，所以只是自以为在看，但其实别开了视线。绝对不能这样做。趁着孩子青春期，一切还都能改变。孩子还依赖你，因为她自己也不知道该怎么办，整个人都被不安的情绪折磨。她希望父母能帮助自己。只要父母行动起来，孩子自然能跟着行动起来。当然，她或多或少会反抗，这是自然。父母也是人，遭受反抗也会受伤，但请不要惧怕受伤。

我记得那年我大女儿13岁。当时她被压力、抑郁、愤怒和进食障碍折磨得痛不欲生。我每天晚上都钻进她被窝里，听她讲话。因为白天我要工作，要为其他孩子和家务杂事操劳，什么也帮大女儿做不了。所以就只有在她睡前，在她小小的单人床上，和她依偎在一起。正常情况下要我这么做，我会觉得有点羞耻，但是由于当时孩子是想要求助的，所以我也就顺利地得到了她的允许。我一直在默默地听她说，完全不插嘴打断，就只是应和着她。我的孩子则讷讷地、吞吞吐吐地从自己身边的事，今天遇到的事说起，随后开始聊起了自己。而我就只是默默地聆听。

二女儿读中学的时候也不去上学。但是我每天都会带着她去学校，在心理咨询室待一整天。等到孩子适应了之后，再换到其他老师的办公室去。就这样坚持着"要适应，但又不能形成惯性"的原则，不断变换地点和对象。加利福尼亚那边学校的老师们也给了我们很多帮助。在家里，我会把各种类型的工作交给她来做，让她产生责任感，然后表扬她。比如照顾小狗，或者为我的工作打下手。也会适当打骂（因为想要让她明白，我是在担心她，所以我也会比较情绪化）。与此同时，关注着孩子，观察着状况，而且是不去擅做评判地做这些。这样一来，孩子就会愿意跟随你了。

所谓青春期就是这样一个时期。它很摇摆，并且是流动的。但是，孩子是仰慕着、依赖着父母的。虽然会反抗，会陷入迷茫，但是她们想要依赖双亲，想要获得双亲的帮助。而我的孩子们在这个时期,身边只有我一个人(她们的亲生父亲离得很远,继父完全起不上作用)。

我并不认为一切难题都能靠我刚才说的这种办法去解决。但是,它值得一试。

战斗的女性 ①

性与女性

- 女性的模样
- 母亲与女儿
- 月经与女性
- 性行为与女性
- 处女·初体验
- 恋爱
- 避孕套
- 自残行为
- 进食障碍
- 异地恋
- 恋恋不舍
- 嫉妒
- 一对一
- 卖淫
- LGBT（女同性恋、男同性恋、双性恋、变性人）
- 执念
- 情人关系与女性
- 自慰
- 色狼
- 女儿的恋爱

女性的模样

"什么样的服装是有魅力的呢?"

〇 26 岁

女人在逐渐步入更年期的时候才会在装扮方面更在意其他女性的看法,而在性活跃时期,流行的装扮可能更多还是想要以表现性魅力为目的吧。不过各国文化不同,表现的方法也大不相同。

在美国,大家会用装扮表达"我可以做爱,我想做爱,我超喜欢做爱"。但在日本则强调"我很孩子气,很天真无邪。做爱这种事我从来没想过,但如果邀请我,我也不是不可以。说不定我可能也很喜欢做爱呢"一类的想法;而且还喜欢向恋爱漫画或动画中的女主角的装扮靠拢,强调"我没什么优点,又笨手笨脚的,没能力也没体力"。至少从流行装扮上看,是这种感觉。男人真的会追求这种感觉的女生吗?女性真的希望按这样的设定去生活吗?我不太清楚。

我在年轻的时候,其实如今也是一样——非常讨厌穿胸罩,所以一直都是不穿胸罩的;而且讨厌化妆,所以一直是素颜。我穿着男士衬衫和牛仔裤,就将一个男人拿到了手。据说他看到我衣服透出乳头的模样,会心旌荡漾。他好像觉得将一个颇有野性、不加修饰的女性驯服,有一种成为驯兽师的成就感。

母亲与女儿

> "我对我妈的保守性爱观感到很苦恼。真的好烦。"
>
> 〇 31 岁

你们之间会产生对立是自然的。大多数母亲都希望能把小小的女儿摆在自己能理解的位置上。对于母亲来说,开始进入性活跃期的女儿是错误的、危险的,每次做选择,总是选择更差的那一条路。所以这令她们很难接受。

你呢,应该无视你母亲的意见。比如像我母亲那样的人:自己的女儿明明就在她眼前不断成长,明明一次次看透女儿的性行为,但始终否定性行为也属于女性,坚持认为性行为是肮脏的,讨人厌的。我始终能够感受到母亲的目光从背后投射过来。可即便如此,我前进的脚步仍旧从未停止。

月经与女性

"月经究竟是什么呢？"

○ 17 岁

月经就是让人觉得麻烦、麻烦、真麻烦，但是每个月又总有那么几天必须经历，所以也早已习惯了的东西。正当我以为这东西会一直和我共存的时候，却发现它能够反射出身心的波动。它比眼睛和嘴巴都更加正直，如亲人般陪伴着我，它的表情也始终是相当丰富的。

也就是说：之前无论多准的月经，一旦出现进食障碍、体重减轻，它就立即停了；妊娠也是一样，它准停。

没有性生活的时候，我总觉得月经就是个大麻烦，从来没有一丁点"来吧，来吧，快来吧！"的想法。等到开始有性生活之后，只要月经推迟一些，我就开始求神拜佛般地祈祷"来吧，来吧，快来吧！"。围绕着月经的情绪，似乎永远是后悔和苦闷。

要是没发生性行为，要是没进行到那一步，要是自己没那么无防备、不谨慎……在那些为此苦恼绝望的日子,那些决心振作起来的日子里,有时候也有些男人愿意与我一同苦恼,当然也有些极其没情商的男人……但,不可思议的是,事到如今,我根本想不起那些男人的言语和行为了,唯有再次迎来月经时的那种安稳感,我记得非常清楚。

我们拼命活了下来。在年轻的时日,为了活下去,活得更久,我们用我们的器官,将攻上来的敌人们不断斩于马下,浴血生存。一切是为其果。我们曾绝望。但太阳照常升起。

性行为与女性

"他做爱水平很差，但我又没法开这个口。"

○ 30 岁

"有做爱不合拍的情况吗？"

○ 49 岁

很可惜，这种情况是有的。遇到这种情况，就只能换个做爱对象了。但是，人就是有想做爱想得不得了的欲望，而且能享受这种乐趣的时间也就那么二三十年。如果要精心守护着自己一生的伴侣，那你就会和你的做爱对象一同生活四十年，甚至六十年。要么看的话，做爱只是其中一个要素，更重要的其实是你们的灵魂是否合拍，不是吗？可是，能开心享受做爱的时间也就是二十年，再长些也就三十年了。作为有性生物，难道要眼睁睁地看着宝贵的机会流逝殆尽吗？嗯……这还要看每个人的想法啦。

处女·初体验

> "我没经历过性爱。我想知道破处（丧失处女身份）是一种什么样的感觉。"
>
> ○ 36 岁

一个诗人创作的第一本诗集，叫作"处女诗集"。我在出第一本诗集的时候，决心无论发生什么事，绝对不用这种让人感觉很恶心的词，于是一直坚持用"第一诗集"。

处女地、处女膜、处女航海。所谓处女，就是身处神圣之处的女人，身处家中的女人，是还未经历过性行为的女人。日语中"处女"的读音有"musume" "kimusume" "otome"。英语中的"virgin"，也用于没有发生过性关系的男性。

从我个人的经验来讲，第一次做爱是毫无快感的，全是违和感。最真实的感觉是很疼，疼得没什么脑子想别的事。第一次看见阴茎的模样，我也是吓了一大跳的。但是我下定决心不会退缩。虽然感受不到性快感，但是能和喜欢的男性亲密地拥抱在一起，做这件事本身就让人很有快感。而且，还能感觉自己的力量传递给了对方，对方也将他的力量传递回我身上的那种被激烈摇撼着的感觉。

不过，年轻女人的智慧还不足够，所以我是毫无戒备地开始性行为的。对方是个有经验的男性，所以日常准备了避孕套，这一点还算万幸。而我自己竟然都没想到这一点，挺不好意思的（不过，我当时并没有那种"得赶快跑去买套套啊！"的危机感）。当时对性传播疾病的意识还很弱，而儒教观念又比现在强很多。所以当时的我还觉得女孩子做爱前考虑避孕套的事，太羞耻了，太下流了。哎呀，真是让人无语。

恋爱

> "我第一次爱上一个人。不知道接下来会变成什么样,所以非常不安。"
>
> ○ 34 岁

关于恋爱,你首先要知道"我属于我自己",这一点非常重要。先认识到了"我属于我自己",接下来就是努力去认识"你属于你自己"。做到这些,你才能尊重对方,接受对方。而当你在以上种种得以成立的过程中(或者,明明还未成立之时),被热情冲昏了头脑,误认为"我就是你"的话,那就是恋爱了。

不过呢,我讲的只是某种理想中的正论。做到这些不算恋爱。无法冷静才是恋爱。陷入恋爱,就好似染上了热病一类的东西,整个人一塌糊涂,仿佛手牵着手坐过山车一样,晕头转向。"我"和"你"融合成了一体,"我就是你,你就是我"……只有这样,新世界的大门才会在眼前敞开——类似这种吧。正因如此,恋爱才那么有趣,那么令人欲罢不能，令人上瘾。

实际去解释一下的话，爱情就是"明明是两个完全不同的人，但却彼此理解，产生喜悦"的情感。世界上竟然还有这么一个人，他和我完全不同，但却为我的存在本身而感到喜悦。我们忍不住地想见面，想奔跑着去见彼此，只要看到对方就会很快乐，在一起的时间，总是相拥度过。但是一旦见不到对方，自己就仿佛被火焰不断炙烤般焦躁，真的真的很痛苦。

然而，仔细再想想，陷入恋爱中的人，其实只是想感受那种能让对象随自己意愿去行动的力量吧。虽不至于用"想蹂躏对方"来表达这种感觉，但那至少是非常接近"想支配对方"的一种情感。无论关系多么稳定的一对恋人，终究不过是凭"我很强，我的力量能够影响到对方"的喜悦，在"喜欢"的感情周围不断兜兜转转罢了（叹气）。

啊啊，我也不懂了。

虽然我也写过和性、身体有关的内容，但是关于恋爱，我总感觉没到知天命的年纪，可能就写不了吧。到了50岁，才能明白"他人属于他人自身"的道理。虽然在明白这件事之后，执念不会一股风般地消失，但会变淡，变稳。这或许也和人体激素的多寡有关吧。除非极特殊情况，一般到这个年纪也不会再去追寻全新的恋爱了。不过年轻的女性当然不可能一直等待这个时刻的到来,所以,就只能趁着还拥有吸引异性的能量,带着不论是喜悦还是痛苦都一股脑统统吞下的想法,直面恋爱了。

我还想强调一点,那就是世上并不存在独一无二的恋爱。就算你认为自己的爱是独一无二的,是真实的,但它仍有可能会破碎,或者消失。不过,随着时间的流逝,你将会再度邂逅其他真实的爱。这种可能性至少还是很大的。

避孕套

> "避孕的诀窍是什么?"
> ○ 21 岁

比较切实的方法是避孕药。可以去妇科开。不过问题在于,这么做就等于单靠女性这边的努力解决了全部问题。但要想引发男性的相关意识,又不需要开处方,还能马上买到,而且经济实惠的避孕工具,就是避孕套。更为重要的是,避孕套对防治性传播疾病非常有效。

嗯,有一次我和一个20世纪80年代出生的年轻女性聊天,她说自己一定会随身携带避孕套。听罢,我为当今女性在这方面的觉悟之高感到惊讶。我也询问了90年代出生的女性,她说:"也有人喜欢不戴套,但是那种人一般都会让人瞧不起。不戴套就是很异常,这样的人性知识水平很低。"于是,我又一次对女性认知的进步感到惊愕。同时,我也想到我自己其实都不怎么用套。不晓得是不是只有我一个人这样,于是我去询问了同龄的朋友。我们都是年龄在60岁上下的人。说来有点羞愧的是,大家好像都不太会用。理由是:"年轻的时候觉得性传播疾病也就是梅毒、衣原体感染、淋病、念珠菌病一类的。所以用避孕套只是拿来避孕的。"还有人反省说:"当时坚信自己的恋爱对象是个'正经人',所以没担心过会染病。"

自残行为

"我妹妹会割腕，我该怎么办呢？"

〇 17 岁

自残行为是一种伤害自己的行为，可明明因受伤而感到疼痛，但同时又会有快感，感受疼痛（甚至快感）时产生了瞬间纾解压力的效果，所以就会反反复复这么做。所谓自残，就是这样一种行为。"啃指甲""拔各种毛""割腕""进食障碍"等，这些都属于自残行为。我认为，年轻女性的"性行为"可以说是一大自残行为。因为那是一种伤害自己身体的行为啊。就算不想做，但这种自残心理会促使年轻女性忍不住去做。而且呢，也不是完全没有快感。加之那又完全是顺从男性的意志的，或者自身作为承受的一方出现的快感，还有那种剧烈的感觉，这些都促使女性忍不住反复地去做。从这层意思上看，这也属于某种"上瘾"行为吧。

如果"性行为"可以被称为自残行为，那"喝酒""抽烟""用药"自然也算自残行为了吧。那么，"化妆"和

"打扮"也算喽。那"不化妆""不打扮""不上学"也符合吧。"保持整洁"应该也算。

就这样思考过方方面面后,我不由得惊愕:我们的一生,竟然一直在伤害着自己吗?

当时我女儿出现自残行为的时候,我也曾这样思考:自残行为,呈现在表面的只是"行为"。与其单纯关注这个行为本身,大吵着"不许再这样了!",不如和自残的孩子面对面,睁大眼睛好好看看她。这样会令人很焦躁、很痛苦,因为我们其实都不想去看这些。但是如果选择视而不见,那就更加无法理解对方。如此一来,我们就会靠自己的价值观去判断对方,否定对方,不愿再看着对方,同时又很担心对方。其实,只要好好地用心观察,就能够明白她究竟想说什么,想做什么,想去哪儿。我真诚地希望,你可以理解她。

进食障碍

"希望您能讲讲进食障碍。"

○ 15岁（本人），45岁（母亲）

它基本就是一种自残行为，也是我在前文提到的——体重的咒。这一层咒之上再加上一层双亲的咒，就大多会演变成进食障碍。

接下来我讲讲我的经验吧。一开始，我其实并不知道自己的身体发生了什么状况。当时只是一味地想变瘦，于是不吃东西，结果整个身体都被饥饿感侵袭，完全无法控制。

所谓依赖症，是会对某种东西产生依赖，并且周而复始地不断循环的一种病症。首先，人会产生极强的执念，会一直惦记着吃喝时的那种快感。因为想再品味一次，所以脑子里塞满了这件事，会无比焦灼地渴望这件事。虽然也想控制自己，但会越来越无法控制，最终彻底失控。而这种状态又会波及行为层面。大口吃下食物的瞬间产生的爽快感受，真的非常刺激。那一瞬间感觉全身都要融化了。因为极度想要体会这种感觉，所以一旦付诸行动，就会马上再重复一遍。当时的我觉得自己太差劲了，绝望透顶。可是我又很快开始渴望起那种刺激。极度地渴望……整个人就陷进了反复的旋涡之中。

从某种意义上讲，它有点类似佛教所谓"轮回"。在生与死循环往复的轮回之中，依赖症患者吃掉食物再将其催吐出来的行为，就是一个小规模的生与死的反复。如此想来，虽然患有依赖症的人非常遭人嫌弃，但其实他们倒是活出了人的本质。

当时，我感觉自己简直像是个会出现在民俗故事或者神话之中的人物。我的身体变成了皮包骨。我不知道还要再瘦到什么地步。就那么不停地瘦下去，瘦下去，一直瘦下去。我骨瘦如柴，肋骨和腰骨明显地突出来，好似一具尸骸。这样很好——我一边如此想着，一边整夜整夜地对着镜子安慰自己。我想，我大概是希望自己的身体变得像男人那样，没有乳房，也没有臀部吧。但我倒并不想要阴茎。我想，我大概是希望自己能变成一具骷髅吧。就像白雪公主那样死掉，倒在地上。然后王子来了，他赞美她的美貌，然后吻了她。我想变成那个样子。我想变成被人赞美的那个人，想变成被人亲吻的那个人。可是我已经是一具骷髅了，王子根本下不去口。也就是说，这就是一种缓慢的自杀。随着体重也逐渐越来越轻，我又想，我大概是希望回到童年吧，就算是只有体重回去了也好。不，我的体重可能会更轻，轻过孩提时代，再轻些，更轻些，回到出生之前，直至湮灭……我考虑了很多，最终抵达了这样一个思辨的终点。

理论暂且不提。有进食障碍的人真会饥饿到无以复加的地步。因为，他们其实非常非常想吃东西。整个脑子里只有吃。也就是说，其实他们并不想死，反倒是非常想活下去。那个一直反复琢磨着"想变瘦，想消失，想成为骷髅"的脑子里，其实每天都在一遍遍地确认着"想活下去，想活下去"的意念。

关于进食障碍形成的原因，众说纷纭。有的说是出于对母亲的反抗，有的说是拒绝成熟……事后我也思索过这件事，我会产生进食障碍的原因，的确包含对母亲的反抗，也包含拒绝成熟的意愿。但是，当我正处在进食障碍的旋涡之中的时候，我能够切身感受到的，其实只有"想变瘦，想消失，想成为骷髅"的情绪，也就是"想活下去"的情绪，仅此而已。

人类这种生物，不吃就会死。有进食障碍的人琢磨食物，就好比生了痔疮的人在苦恼排便。

所以，我在此给出两点提议：

第一点，做个健康专家，熟悉营养知识，认真思考该吃什么、不该吃什么，仰赖这种对"健康生活"的考量而活。吃得稍微少点也是可以的。最近常看到一些零××的食物，去除掉了一部分热量，这种食物对于有进食障碍的人来说很有帮助。因为要去除就会费功夫。要特意花时间去思考食物的事；安排食物的时候花钱、花费精力，那可真的仿佛"百次参拜"一样，越是费时费力，越有效果。

第二点，就是要好好关注自己的身体，爽快地接受应该接受的一切。在这一点上，女性主义能起大作用。为什么我们会被迫接受"越瘦越好"的想法呢？如果从女性主义的角度来解读，火气一定会投向大众传媒和男性的审美阴谋上，最终导向一个"我属于我自己"的结论。

此外，我还有一个想法。我觉得其实大家不必把依赖症一棍子打死，说它是恶劣的、令人生厌的；而是应该接受它，把它当成自己性格的一部分，当成自己体质的一部分，要有它将伴随自己一生的觉悟。

我经历过进食障碍，我曾为此深受痛苦，但我从未后悔。每天都在一门心思想着吃的那段日子，其实过得蛮充实的。虽然也很痛苦，但或许同时也很快乐吧。而且我也思考了很多，关于我自己，关于我的身体，关于女性，关于食物。尤其是在当下，大家明明压力很大，却对饮食、活着提不起兴趣。在我看来，我是经历过了进食障碍，才拥有了那种活着的真实感。

异地恋

> "我去工作了,他延毕了。我们现在分隔两地生活。"
>
> ○ 22 岁

恋情终结的原因是两个人之间的关系出现了问题,异地生活可能是其中一个远因,但并不是直接原因。如果要我传授给你一些维系异地恋的诀窍的话,那首先我建议你们勤奋些。邮件、电话、各种社交软件全用上,勤联系。勤出来见面。如果对方在这方面很懒,或者嫌见面太花路费,那就算是完成不了我给的建议喽。那这种对象最好放弃。

不过说到底呢,就好似每个人步行的速度各不相同,每个人对"勤奋"的理解应该也各有不同。相对更勤奋的那个人似乎永远在等待,发邮件、打电话、SNS 上的联络也都是勤奋的一方在追着另一方跑,这样勤奋的人会变得好似得了依赖症一样,非常痛苦。

为了避免出现这种极端情况,我们要选择"信任"。

要信任对方，信任对方的心，信任对方的性欲没有你想象的那么高涨（相信彼此分隔两地，对方也能忍住）。相信你们的未来。唯有信任，像信教一般虔诚地信任才行。

恋恋不舍

"明明必须分手,但我们的关系一直拖拖拉拉,藕断丝连。"

〇 43 岁

拖拖拉拉的也挺好。因为必须要拖拉,因为就是想拖拉,所以就继续拖下去了。等到不再拖拉你也能活下去的时候,缘分自然会断的。

嫉妒

> "我丈夫好像出轨了。我真是妒火中烧,很苦恼。"
>
> ○ 27 岁

嫉妒的本质,是自己和自己的战斗。

恋爱的本质,则是"确认到我很强大(所以我能对男性产生影响)"时的喜悦。在我们的本能深处,潜藏着一种希望自己能留下更多子孙,为此一定要比别人更强大的欲望。而结婚,则是在社会层面上将"我很强大"这件事广而告之。也就是说,把家庭当作自己的领土,并且在这片领土之中放心地兀自坚信"我很强大"。

如果有他人踏进你的领地,那你当然会很抵触。这太正常了。所以你要战斗。这是人类这种生物最为简单的一种感情与行动。

所以说,嫉妒,就是因为怀疑自己的实力而产生的不安,也是对无法随意支配自己的力量而产生的愤怒。

如果自己更强大,那就不会嫉妒。而如果对方看上去更强，那自己就会失去信心。失去信心的那一瞬间，就会产生嫉妒。所以，心虚和"自我"仿佛面临消亡一般的寂寞感，常伴随嫉妒出现。如此想来，也就只能接受自己的嫉妒了，不是吗？只有接受了，才能轻松、放松地去嫉妒，而嫉妒这种感情本身，也会变得放松、轻松，不是吗？

一对一

"爱情就必须一对一吗?"

〇 24 岁

强调爱情必须一对一,就好似坚持让瞬间的热情永远地持续下去一样。因为这样做特别不自由,所以我也曾对此唱过反调。但当时是我太肤浅了,低估了一对一的那种稳定感。正如我在这本书中反复提到的那样,恋爱的本质是认为"我很强大"。之所以不是一对一就无法安稳,并不是因为搞不清"喜欢还是讨厌",而是因为搞不清"我究竟强不强?"。

卖淫

"我曾经做过援交（卖淫），不敢对男友讲。"

〇 21 岁

你的卖淫是一种自残行为，对吧？我觉得你不用对他说。在我们的人生之中，无论对多么重要的人，都有很多话不必说出口。因为很多事，如今想想会觉得好傻，但在当时就是不做不行的。你无须有任何愧疚，只要在你和他交往的现在，你没有再做那样的事，就足够了。

LGBT（女同性恋、男同性恋、双性恋、变性人）

"朋友对我出柜[1]了，说她是女同性恋者。我该如何对待她呢？很迷茫。"

○ 24 岁

"维持女性的状态很痛苦，我一直在忍，但是连工作都要这样实在是忍不下去。"

○ 20 岁

我的回答，其实就和前文的"性教育"那一条相同。是"我属于我自己""你属于你自己"，然后"他人属于他人自身"，而这一切的终极是"什么都可以"。请你在接受你朋友的"我属于我自己"之后，一口气奔向"什么都可

---

1 出柜，指性少数者公开自己的性倾向或性别认同的行为。

以"吧。

你之所以会因为朋友的出柜感到不自在，或许是因为原本作为同性，你是比较放松的，结果却发现对方看你的眼神有所不同（像看一个有性好感的人一样），所以不自在。但是，就算是异性恋的女性，也不可能喜欢上自己全部的男性朋友、熟人，并和他们发生性关系吧。你朋友的性格、讲话方式、思考方式，这些作为朋友非常重要的部分，无论出柜前还是出柜后都不会变。所以，请你相信你的朋友。

总之呢，你只要对把如此重要的事情告诉你的朋友说：谢谢你告诉我，我会一直挺你。就可以了。

如果你本人是女同或跨性别者，那选择出柜当然很好。因为这样做的人越多，在社会中谈论这些话题就会变得越容易，LGBT群体也会生存得更舒适些。不过，不同人自然有不同情况，所以并不是说这个柜非出不可。

或许你的朋友和家人无法接受。或许你出柜后，会遭受更加严苛的对待。美国要比日本更容易接受LGBT群体，但可惜的是，即便如此，仍有人在出柜后遭遇悲剧。

如果你认为自己是LGBT人群，那请你先去寻找集体，去找到聚集了和你想法相同的人的网站或场所，找到一个可以痛快倾诉的"交谈窗口"吧。

有些人一生都过着同性恋的生活，但并不会出柜。这样也不错。只要本人满意就好。当然,也有些人做了很多年的同性恋后,终于出柜的。

要知道自己是谁,想做什么,要理解自己的取向、自己的身份,这些都很花时间。如果是算数或解谜,那就必须找出一个结论,但是人生不同。这个结论无论什么时候给出来,无论是否给出来,都 OK。

而理想世界,就是不管出柜还是不出柜,任何人都不会有任何异议。就好像异性恋的女人不用故意说一句"我的做爱对象是男人哟"一样,在理想世界中,女同和跨性别的女性,应该都能随心所欲地生活才对。

执念

> "我忘不掉分了手的男友,会忍不住跑到站台蹲守他。"
>
> ○ 24 岁

> "我作为第三者,总跑去对象家蹲点。"
>
> ○ 36 岁

我希望你把你的行为当成依赖症一类的病症。否则,这种又难熬又忍不住反复去做的心情,无法解释。

还是那个基本理念——"我属于我自己"。"我属于我自己""他人属于他人自身"。然而,在恋爱中,人却会在不知不觉之中陷入"他就是我,我就是他"的状态。

可是,一聊到分手,那个主动提出分手(按这个提问的情况看,主动提出分手的是男友)的人往往态度骤变,突然摆出了"我属于我自己"的态度。这也是自然的。和人提分手的时候如果不这么想,那就很难利落地斩断情丝。但如此一来，被分手的那一方就等于惨遭否定，所以肯定会反抗。反抗着，混乱着，陷入"他就是我，我也是我，对不对？"的旋涡，于是心生执念，开始了尾随行动，也就是变成了我们俗话里说的"跟踪狂"。

下边这位倒是并没分手，应该还在交往中。但是，最基本的"请只爱我一个"的愿望总不能实现，所以就会悄无声息地产生一种类似于被分手的执着之心。而当对方无法遵循自己的想法时尤为如此。其实大家嘴上都会说："我可从来没有让对方完全听我的哟，我只是希望我们能坦诚一些。"可是，所谓坦诚相对，其实就是要求对方和自己想着同样的事，采取同样的行动不是吗？但这种要求根本无法实现，因为"他人属于他人自身"。

说什么蹲守啊，蹲点啊，其实就是跟踪狂嘛。大多数跟踪狂甚至都意识不到自己在蹲守。他们会认为自己只是单纯在等男友（女友），是在做理所当然的事。

等清醒过来，你会发现这种行为真的很不像话。而且，关于自己的一切都在消弭，只剩执念残存。这样闹出事情来，会让他人感到很恶心，很可怕。在历史上，或者在虚构世界中也存在不少跟踪狂，这些人都很痛苦，活得很可怜，大多死得很惨。要意识到自己和那些跟踪狂是同类，这需要很大的勇气。

清醒清醒吧。这样才能放弃跟踪的行为，向前迈出一步。这样就会感悟什么是"欲速则不达",从而更深入地思考"我属于我自己"的意义。做到这一点后,想必你也一定会明白"你属于你自己""他人属于他人自身"这个真理的。

情人关系与女性

"我给人当了情人,很痛苦,但是又无法分手。"

〇 22 岁

为什么要给人当情人呢?为什么要被情人关系搞得如此痛苦呢?

要解释一切的开端并不难。如果是男女年龄差距比较大,那就可以说是心思单纯的年轻人遭受已婚者卑鄙的引诱,于是莽撞入坑了。错的是那个年长的已婚者。如果年龄没什么差距的话,嗯……那就是双方一时冲动,做了轻率的决定吧。

我觉得这也和进食障碍一样,是一种依赖症。与其说你依赖的是那个男人,不如说,你依赖的是和那个男人之间的关系。而且啊,我常常会想,要是这也能和进食障碍、酒精依赖什么的一样,有一些互助小组该多好。自我介绍的时候,就可以像"大家好,我是患有药物依赖症的比吕美""大家好,我是会催吐的比吕美"一样介绍自己:

"大家好，我是给上司当情人的比吕美。"当然这种互助小组并不存在，所以只能靠自己去解决了。

要想解决这个问题，那就把这种依赖进一步分散到其他更容易戒掉的依赖上吧。比如说，当情人的同时得个进食障碍之类的；或者在当情人的同时找几个容易痴迷上瘾的兴趣；等等。

因为你内心充满不安与不满，而且原本就是容易产生依赖的体质，所以想得上进食障碍还是很容易的。极限减肥，持续好几个月被饥饿感折磨，很快你就会患上进食障碍了。吃下去，吐出来，痛苦不堪，但又戒不掉。徘徊在死亡边缘。然后下定决心，去寻找治疗方法和互助小组。在小组中以进食障碍者的身份，思考自身，和他人交流。做到这些之后，你解决进食障碍的同时可能也就顺便把情人关系的问题解决了。虽然这种治疗手段蛮粗暴的。

至于兴趣呢，建议你找一些能建立人与人之间关系的类别（英语会话、可以相对握住彼此胳膊的合气道、舞蹈等），还有能够满足收集欲的类别（收集宝可梦卡牌，加入刀剑研究会、佛像研究会等）。如果可以的话，开始一段新恋情也不错啊，挑个男人味十足的对象吧。

换个男人的做法其实也属于粗暴治疗了，但是真的很有效。说到底，只要能依赖，就什么都行。

自慰

> "我不会自慰。这样是不是很奇怪。"
>
> ○ 25 岁

如果一个人活了很多很多年却从来不这么做,那就意味着这件事对于他来说并无必要。从今往后的人生之中,也并不需要这个。这一点问题都没有。不过,如果是一个年纪尚轻,从今往后也有意愿去接触各种事的人,是一个想尝试一下自慰的人,那我打心底里推荐自慰。

明确地搞清自己的快感,会极大地改变你对性的看法。能有一本不错的入门书固然很好,但我觉得那并不是必需品,而且我都不知道市面上有没有这种书卖。总之你也可以找找看。自慰用具如今在网络上很简单就能买到,请多多尝试。

色狼

"我遭遇了色狼,结果没能出声也没能动手,我实在原谅不了自己。"
○ 16 岁

没能做到这些,很正常。如果是更年期的女性应该就能出声动手了,但这对于十几岁的女孩来说确实太难了。而且,色狼根本不会对更年期的女性动手,就是因为你只有十几岁,才会遭受他们的侵害。请你把这次的经验想成为"下次"做的准备。模拟一下战斗场面,想好"下次我要这样做""我还要那样做"就好了。

女儿的恋爱

"女儿马上要考试了,却沉迷恋爱,我对她很不满。"

〇 51 岁

女儿们乍一看好似从未思考过自己的未来,但事实上,她们的思考比我们以为的要认真、深入得多。而且,她们还会对此深感不安。她们只是人生经验不足,所以有时候会想得比较简单,仅此而已。而这种想法简单的情况,并不能靠父母的指令和要求去改变,必须由她们自己在经历失败的过程中,自发察觉到才行。

话又说回来,要真有那种一整年都在不停地做题、做题、做题,努力为应试学习,而且心无旁骛的十八九岁的女孩子,我还真想见见她,并且望着她的脸对她说:"你没事吧?你的人生在考试结束后还有很多年呢。"

你女儿的人生还会继续。就算在考试结束后,她的人生中仍有无数相遇,她会由此产生兴趣,采取行动,这些最后都会变成她的人生经验。她的人生,会活得越来越属于她自己。

战斗的女性 ②

社会与女性

- 女性的模样
- 本嗓
- 母亲与女儿
- 妻子与丈夫
- 主妇
- 工作与女性
- 哭泣的女性
- 工作的女性
- 女性的"使用"方法
- 职场与女性
- 近邻的目光
- 抑郁
- 抑郁的朋友
- 女性朋友
- 结婚,离职
- 面子
- 丈夫跳槽

女性的模样

"职业套装该怎么选呢?"

〇 18 岁

我很讨厌职业套装。虽然这是我们文化的一部分,实属无奈,但我就是很讨厌。我觉得这玩意儿比中学生的制服还诡异。

几年前,我去某女子大学参加学术会议,来帮忙的学生们全都穿着整齐划一的服装。我问她们:"这所大学也有制服是吗?"她们回答我说:"这是职业套装。"我着实吓了一跳。也就是说,高中毕业后,从制服的束缚中解放出来的瞬间,女孩们又自发去购买了制服的替代品,甚至还会收到别人送给自己的替代品,并且为顺应社会需要在不同场合去穿它。

有人认为穿这种衣服是为了表达:我所处的场合不适合做太时髦的打扮去宣扬自己。这一点我理解。有人认为穿这种衣服,是把它当作保护自己的铠甲。这一点我也理解。可是,当时那一群穿着职业套装的女大学生,她们连说话的声音都不是本嗓，而是用一种尖且细得听不清的小声音，斟酌用词，说话方式，行走、站立方式，全都已经超越了"慎重"的程度，可以说是极其卑微。所有的这些，都给我留下一种她们在尽全力地想把自己的存在埋没在这个社会之中的印象。她们中的每一个人，都没表现出任何个性，没做出任何自由的发言。为了埋没自身而披上铠甲，这未免太过凄凉了吧。

纵观人世间，想要在这个社会之中生存下去，是非常困难的。这一点我很清楚。其实过去那个年代也并不好过，但是情况越来越严酷。这一点我也明白。所以，这些都是为了在这个社会生存下去的手段。

这就是我们的文化，也是我们当下的境遇。无论怎样迁就，都一定要抢到正式员工的位置。越是努力，越期望可以在一个更能保证生活质量的职场工作。就这样，一年又一年，岁数渐长，经验也越积越多。激素的分泌，还有皱纹、脂肪、经验等都在变化，我们就会变成不再畏惧站在他人面前的女性，变成不会被埋没的能随心所欲去打扮的女性。到那时，如果生活也能安定下来，那就更好了。不论选择了什么样的生活方式，有着什么样的家庭样貌、什么样的性取向、什么样的亲子关系，选择了什么样的工作，只要活出自我，就是最好的。

以上这些话，我希望年轻女性能听进心里。

职业套装无法轻易脱下,所以,为了找回自我,本人想在此宣扬一种方法:

"日本的女人啊,请用本嗓说话吧。"

本嗓

"什么是本嗓？"

○ 18 岁

在我母亲那一代，接电话的时候都会捏着嗓子说："您好，这是伊藤家。"其实，我也受了母亲的影响，所以接电话的时候偶尔也会捏着嗓子说话。但手机是属于我个人使用的、能够贯彻"我属于我自己"的工具，所以我用手机说话的时候基本是用本嗓。我年轻那会儿，如果有男人在身边，而我又很想吸引这个男人注意时，就会故意让自己声音甜一点，细一点。我刚开始说英语的时候有点放不开，说得不流畅，所以也会用高了八度的嗓音讲话。发出这种动静，我自己也很不舒服，但是又改不了（如今我说英语已经基本用本嗓了）。

纵观我们全社会，接受过专业接客训练的女性，都会朝气蓬勃且高亢地捏着嗓子发声。动画声优的声音也一样，无论如何坚强有力的角色，只要是女性角色，音调都很高。只要去听听同一个动画的英语配音，就能马上明白其中的不同了。无论多么清秀的女主角,英语的配音用的都是低沉的本嗓。可以说,我们的文化和"假嗓子"文化是一脉相承的。但是,一直这样子说话,不就没办法倾吐自己的心声了吗?

母亲与女儿

"我妈对我在工作这件事似乎有些嫉妒。"

○ 28 岁

"我在打工。我妈是职业女性。我讨厌我妈对我的态度。"

○ 33 岁

女儿二三十岁的时候,母亲还会擅自认为自己的力量能够波及女儿。如果女儿生性体贴温柔,则会选择接纳母亲的这种"错觉",会不由自主地去努力,其实女儿无须照顾母亲的情绪。从某种意义上讲,比起青春期时那种毫无来由的顶撞,二三十岁这个年龄段的女儿们拥有更加成熟的力量,或许更容易真刀真枪地顶撞母亲。与社会的关系、对性行为的态度,这些最容易导致和母亲产生冲突,也是最有意义的冲突主题。接下来,你也完全可以无视母亲的期待,无须去回应她们。

妻子与丈夫

"请聊聊'家庭和工作两不误'这个话题吧。"

○ 38 岁

"两不误"这种词啊，在 20 世纪七八十年代曾经盛行一时。如今基本上没人再用这词了，它成了过时的词语。当时会"帮忙"做家务的男人是极少数派。到了 90 年代，再到 21 世纪，随着时代发展，"帮忙"这个词变成了"分担"，甚至进一步变成了没有明确以夫妻哪一方为主的"做家务"……不，这其实只是幻想罢了。区区几十年，从生物进化的角度来看根本不会发生任何变化。男性的意识，女性的意识，想改变并没那么简单。

所以，女性只能拼命努力了。还有，不要怜悯你的另一半。他自己能做的事，就让他自己去做。他又不是婴儿，没什么大不了的。"我来做完成得更快""我比较擅长做这些""我们一起做比较实惠一些"等等想法，都是在扼杀你自己，也是在扼杀你的伴侣。你就坚持不要去可怜伴侣，心狠一点去逼你的伴侣行动吧。又或者，在你的伴侣开始行动之前，把家务扔到一边视而不见好了。

坚持以上建议，你会得到这样的结果：目前的"两不误"问题，将得到一定程度的解决。虽然困难程度并未降低，但是情绪上会好很多。而且，最重要的是，等你们年纪大了，你的身体衰弱了的时候，家务的负担可以由你们二人共同承担。而万一出现你的伴侣成了独居老人的情况，之前培养出来的家务能力，也可以帮助他去维持正常的生活，并且提高他的生活品质。

主妇

"我好想做个专职主妇。"

○ 26 岁

我总觉得"主妇"这个词带有一些歧视的意味,所以从来不用。在家庭中,我是会做家务的人,同时是个女人。也曾有一段时期,我不怎么赚钱,只能依靠当时同居的男性的收入生活(同样有反过来被依靠的时期)。在那一段时期,我也很少自称"主妇"。如今的所谓主妇,要在饮食教育方面亲力亲为,想法非常脚踏实地,理想也同样远大。有钱有闲,并不需要有太多拼命赚钱的欲望。到了更年期,又更添一份正义、行动力和侠肝义胆。社会或许一直都是凭着将这样的女性塞进家庭之中,无偿地利用女人们的善意和劳动而运转的。然而,主妇的基础的确还存在于旧有的婚姻关系之中。如果离婚,生活环境就会产生翻天覆地的变化。名字、住址、朋友都会变。甚至导致很多人无法温饱。选择做主妇,就意味着你的人生底色将充满以上这些变动。请你多多留意这些问题,并坚持寻找属于自己的生活方式,这样你的人生才能无坚不摧。

工作与女性

"我希望女友能继续工作,可是她本人却很想辞职。"

○ 26 岁

"孩子对我说:'妈妈,你不要工作。'"

○ 34 岁

"我正在看护亲人,所以也在考虑要不要辞掉工作。"

○ 45 岁

我想告诉那些有工作、有家庭的女性,不要放弃你的职业。因为如果没有办法自食其力,那你将无法离婚。因为,如果没有接触社会的手段,你的生活将会被紧紧上锁。因为等育儿告一段落,看护告一段落,等你一直"依靠"的东西消失时,你自己,包括你的生活,就会仿佛被掏空一样陷入虚无。我非常能够理解你们此刻的处境有多艰难、多痛苦，我也很清楚、很理解那些除家庭外没有其他职业的女性生活的充实度和专业程度。但即便充分了解这些，我还是要强调：不要放弃你的职业。

哭泣的女性

"我有一名女性下属动不动就哭。虽然她很优秀……"

〇 40 岁

虽然她的行为看上去可能非常"女里女气",但这单纯只是人类的情感表达而已。哭泣只不过是偶然在女性的文化之中比较常见,所以女性比较惯常哭泣。而在男性文化中,男人们极度忌讳哭泣,也很不习惯哭泣。工作场所一般都是按照男性文化的规则去运转的,所以哭泣的那一方自己也会觉得羞耻,可能会有种在人前便溺的感受吧。应对策略就是假装没看见,这样做就好。与其想办法让哭泣的人止住眼泪,不如表现得泰然自若些,这样就简单得多了。别训斥,别指责,别安慰,别惊慌,放着别管就好。

工作的女性

"在比吕美老师看来，什么是工作呢？"

〇 23 岁

从我很小的时候起，我母亲就告诉我要"学点技术"。我母亲家境贫寒，小学可能都还没毕业就已经被迫去做工了。她是个吃过很多苦的女性。和我父亲在一起后，作为一个小工厂主的妻子，依旧要一刻不停歇地工作。父亲心里只有母亲一个人（父亲说的），虽然蛮靠不住的，但是他很温柔，也很风趣，总是把"我爱你"挂在嘴边（母亲说的）。不过父亲挺老派的，什么活都不干（母亲说的）。所以，我母亲只能一直拼命地干活干活干活。

我就是在这样一位母亲整日"学点技术"的叨念下长大的。"甭管是去当老师、当接生婆，还是当个梳头匠（母亲生活的年代比较老，所以只知道这一类的职业），总之你得学点技术。"

大概是她的这个"学点技术"的咒生效了吧，我在读大学的时候就拿到了中学教师资格证。《男女共同参与社会基本法》颁布数年前，女学生的就业情况非常恶劣，我在大学的时候根本捞不到什么像样的求职机会。当时那种嬉皮士风潮还尚有残留，大家总觉得船到桥头自然直。而且我从大学起就开始写诗，并十分沉迷。所以我不想找什么安稳工作，一头热地坚信自己未来能成为诗人。我这个"成为诗人"的想法，单纯指"写诗，出版诗的人"，压根儿没考虑到赚钱的事。而大部分诗人是没办法单靠写诗糊口的，他们都有其他的职业。单把写诗放在生活的中心位置的话，这种诗人的生活大多难以维系下去。不过呢，我当时还很年轻，觉得这样子很正常，没什么不好的。

读大学的时候，我在木鱼花商店、营销公司上过班，还给他们画过海报。不过这些都算打工，不是正式的工作。我参加了几场选拔教师的考试，悉数落榜。正在这时，我拿到了一个面向新人的诗歌奖，作为诗人得到了一些工作邀约。当然，靠写诗依旧是无法生活下去的。后来，埼玉县一所学校录用我做了临时教员，于是我成了一名市立中学的老师，同时还是一年级学生的班主任。我工作得十分愉快，而且还蛮擅长教书的，但是在那儿只工作了一年，我就辞职了。在中学既教书、写诗，又沉迷于恋爱——我发现自己无法同时兼顾这三件事，所以选择了辞职。

辞去教师的工作后，我结了婚，之后又离了婚。那段时间我还做过某出版社的杂志编辑，但是只做了几个月就被炒了。我不擅长做编辑工作。后来我又去补习班做讲师，维持生计。当时我的恋人去华沙留学时，看到那儿的日本人学校正在招募本地教员，于是告诉了我。我拼了老命留在了华沙。然后在那儿待了一年。后来我回到日本，靠丈夫（我和恋人结婚了）的奖学金和两个人的打工钱维系生活。结果我又怀孕了，正在一筹莫展之际，丈夫找到了工作，去了熊本。翌年，我的书《好乳房坏乳房》出版了，紧接着工作就接二连三找上门来。我逐渐能靠写作生活下去了，所以也就一直写到了现在。

无论是怀孕的时候，还是生孩子的时候，甚至是抑郁的时候，我都从未想过要放弃工作。我觉得如果不写作，我这个人都好似不存在了一般。离婚的时候，我也是一边想着"接下来只能靠写作养活孩子们了"，一边情绪悲怆地着手小说写作。不过我好像并不擅长写小说，所以没过多久我就又回到了诗歌创作上。

我这份工作并不怎么赚钱，而且也很难写出什么东西来。稿费提不上去，书也不太畅销。明明从早忙到晚，赚到的钱却和在东京某个偏僻小巷里开小工厂的父亲收入差不多。换算成时薪更是少得可怜。但是我依然没有放弃。

我想起了我那一直念叨着"学点技术"的母亲。当年她卧病在床,情况恶化的时候,我对她说:"妈妈,加油啊。"于是母亲嘀咕了一句:"我这一辈子净加油了。"时至今日,这句话仍在我耳边回荡。说过这句话后母亲的病情好转,她又活了两年,然后离开了人世。

女性的"使用"方法

"生而为女,有什么好处吗?"

〇 27 岁

关于第一本诗集总被称作"处女诗集"的话题,我在前面已经提过了。当时比较主流的称呼,是将女诗人称为"女流诗人"。一听到有人这么喊我,我就觉得土得掉渣,简直难以忍受。我还被人喊过"闺秀诗人"。这个闺秀的"闺",指的是开在后宫的一扇小门。也就是说,那是一个设置在家庭最深处的地方。也可以将其看作家庭,或者是寝室。在那种地方很"秀",难道指的是床上功夫吗?想到这儿,我差点要挽起袖子痛骂对方。不过白川静老师说了,形容一名女性颇有文采,就是"闺秀"。后来的几年,"女性诗人"这个称呼成了主流,但是我对这个称呼也是相当不满意。为什么把我框进了"女性诗人"里?为什么擅自限制我又把我搁置圈外?为什么不直接叫我"诗人"?

不过,我是在 20 世纪 70 年代作为诗人出道的。当时我20岁出头，的确靠了"年轻""女性"当卖点。因为我确实年轻，确实是个女人，而且还很符合当时对年轻女孩的审美——瘦瘦的，长得不错。这些算是附加价值吧。当时年纪轻轻，我满脑子都在想着和性有关的东西，所以想写的也全都和性有关。作品里很爱用到"阴户"这种词。

我好像越说越多了，不过请继续听下去吧。我读大学的时候，我的老师翻译出版了一位美国女性主义诗人的诗集。当时我和我的朋友一起帮忙梳理翻译初稿。作者是西弗·塞得林·福克斯，诗集名称是《母亲是……》(*Mother is…*)。这本诗集的主题，就是女人、性、身体、家人。其中运用了大量和性相关的词汇与意象，数量之大真的闻所未闻。而那阵子正是我开始创作诗歌的时候，可以说是受到了不可估量的影响吧。

在这本诗集中，表示女性的性器官时用的词是"cunt"。但它貌似是个相当不好的词，它不能被译成"女性性器"或者"阴道"，而是要被译成"阴户"。这是我在翻译过程中学到的一点。当时我心想："那我也要用用这个词！"于是就立刻用在了自己的诗里。

年轻、瘦弱、可爱的女诗人一个劲地写着"阴户"，这搞得那些批评家（大多是男人，基本全是男人）又高兴，又惊愕，又厌恶，因为他们的反应太有趣了，于是我加倍地用起了这种词。那心情就好似掀裙子的男孩子一样。

当时我极度沉迷性和写作，事到如今，每每想起当时，我都会意识到：自己其实就是搔着那些对女色的贪恋之心处世的呀。

不过，我对此既不感到后悔，也无须反省什么。因为当时的我，最大限度地发挥了手中的武器去战斗了，我为自己感到自豪。不过，渐渐地，我心中逐渐冒出很多疑问……比如说，我自己在成长的过程中从来没听过或者用过"阴户"这个词啊。而且，也没人对我用过这个词。这个词不属于我自己，我不想用不属于自己的词汇去表达自己的性器官。想到这儿，我跑去查了很多表达，结果毫无结果。关于性的词汇陈腐且不洁。于是，我最终将使用的词汇固定在了阴茎、阴道、性交这几种表述上。

那时候，我想要大大方方地去书写性器，好似在写双手、双脚、面庞、腹部一样稀松平常。我想要像书写饮食和散步一样，正常地书写性交。当然，时至今日我依然坚持这样想，也始终带着这种意识在创作。那时候，我讨厌别人喊我"女性诗人"，讨厌被人扔进"女性"的框架里，我只想做个"诗人"。我想站进男人堆里，和他们一起去工作（当时也正值国家颁布《男女共同参与社会基本法》前夕）。

后来，我怀孕了，而且是出于个人意愿的怀孕。然后我生了孩子，并对自己经历的一切感到震惊。怀孕、生产、排出经血和胎儿，不通通是属于女性的特征吗？于是我开始尽情书写这些……不过，话又说回来，这些也成了我的武器，为我所用了。就在我沉迷书写这些的时候，猛地回过神来，我发现自己早已过了把年轻、瘦弱、可爱挂在嘴边的年纪，我已经是个成熟的女性了。

"那么，接下来请您讲讲生而为女，有什么坏处吧。"

〇 27 岁

首先，我的工作环境既没有产假，也没有育儿假。不过嘛……我搞创作的时候不是也总拿孩子当素材吗？所以没有就没有吧，算是负负得正了。还有，在我这一行，可能任何保证都没什么意义。

不过，在作品中写到孩子，和过着有孩子的生活，是两码事。

我的一位诗人前辈（男）曾说过："我绝对不会让小孩的声音出现在背景音里。如果有工作的电话打过来，我会很严厉地要求妻子绝对不要让小孩发出声音。"

当时我很认同这句话，坚信这就是专业的风采。虽然诗里写到了孩子,但是绝不能因为小孩拖了工作的后腿。我当时很拼、很努力,觉得自己必须做到和男人一样才行。

我也在诗歌朗读会的时候给孩子喂过奶,不过那是故意演的。也曾经在录杂志对谈的时候带着小宝宝一起去了。那是因为小孩实在不知道能找谁看管,属于事出无奈的下策。记得当时我背着小孩打车去对谈会场的酒店,出租车司机还问我:"您是做保姆的?"

不过呢,我生第三个小孩的时候已经40岁了。当时的我身材已经臃肿起来,而且遇到困难也能爽快开口了。因为感觉不说不行了。于是我开始直接告诉对方:孩子发烧了,我得去幼儿园接她,只能晚些交稿了。到这时,我开始觉得:一边育儿一边工作的女人凭什么要把小孩的存在藏得严严实实?露出来点有错吗?之前发表意见的前辈诗人是个男人,所以他怎么可能了解女人的处境呢?

不过,人急起来就是有谁就用谁(小孩子也一样吧)。所以有时候小孩明明没发烧,我也拿她做借口挺过了危机。而且这个借口还用过不止一次。

遗憾的是,过去那些男诗人大多很歧视女性,对女性很无知,也很没礼貌。明明这么无知,但评论女性的作品时却面不改色地大谈什么子宫啊、寒证啊……听得我十分火大,但又没能力反击。因为我的确不够努力,而且总想规避冲突，做事也太吊儿郎当了。

我一直都觉得，就因为女性评论家和女性的选拔委员会成员太少了，所以我写下的那些关于"生产""育儿""月经"的主题，总是得不到什么认真的评价。如今我依旧是这种感觉。但话又说回来，当我站在评价者一方时，难道我就只选女性相关的作品了吗？说来很不甘心，但我确实没有做到。

我又想到一点，以前女性诗人好像一直没有架构起什么关系网。而且以诗人的身份被邀请到外国的机会，还有在大学教书的机会，都少得可怜。不过现在这些情况有了很大改善。

20世纪80年代掀起了一阵女性诗作的风潮，还推出了只刊登女作者诗歌的杂志。那个时代的那股风潮，产生了昭告世间"我们女人始终都在"的效果，我坚信一定有这种效果。不过，我虽然从不吝于以自己"女性"的身份为武器，利用这世间（男人们）的好奇心，但这样限制或压制我们，又会令我感到违和。我倒是希望在一个男人女人都乱糟糟地混在一起的环境里，尽情地做我自己。而这样的我，只不过刚好是一个"女性"而已。

经历了以上这么多，还曾有人问我："您是女性主义者吗？"我记得几十年前，我是否定了的。我当时回答："也并不是啦，我只是个女人而已。"但是如今我不再这么想了。我觉得只需要回答"我只是个女人而已"就够了。我生而为女,意识到身为女性的坏处,为此感到火大,于是做出抵抗……这不就已经是一个堂堂正正的女性主义者了吗?我打从骨子里就是个女性主义者,不是吗?

职场与女性

"我有个同事很讨厌。总是一副旁若无人的态度。"

○ 25 岁

"公司的上司看我不顺眼。我同事很同情我。"

○ 28 岁

告诉大家一个悲伤的事实，这个世界上的确存在这种情况，有的人就是毫无来由地和你"话不投机半句多"；有的人霸凌起别人时就是能做到面不改色；还有的人，不去伤害别人他就活不下去。与此同时，有的人很容易被他人的话语伤害到，但有的人就完全不为所动。如果遇到了不投脾气的讨厌的对象，那不如赶快逃跑吧。因为就算鼓起勇气和他对抗，花时间与之辩论，即使把自己累得半死，对方大抵也是不会改的。所以只能逃跑了，逃吧！逃跑也是一种勇气！

近邻的目光

"我觉得邻居总是探头探脑地看我，太烦了。"

○ 28 岁

"要多关注别人对你的看法"，这句话也算是来自父母的一种咒吧。它属于"做个好孩子"这一咒念的一部分，是父母的咒之中最微不足道的一类。我刚开始顶着"诗人"的头衔在社会上活动的时候，感觉这道咒"啪"的一声，把我从邻居和世间的注视之中解放了出来。我看得出，每当我介绍自己是个"诗人"的时候，对面的人都会想："这个女人绝对是怪胎，不能期待她和普通人一样了。"还有，就算我穿着奇装异服去学校，或者搞错了扔垃圾的时间，或者在别人面前做一些不着调的发言……总之，就算别人都在做的事我都没做，其他人也不会说我什么的（当然我妈还是永远在念叨我）。

秘诀就是，当个怪人。我觉得任何人身上都有逐渐变成怪人的潜质哟。

抑郁

"我好痛苦……"

○ 34 岁

如果你的抑郁是因为压力大，那请放下压力。否则你会始终在里面转圈。不过我们大多数人的情况是"明知道抑郁是因为压力大，但就是放不下"。如果是这样的话，那请先将手头的其他一些杂事，包括工作在内的一切都暂停，只去面对那个"放不下压力"的原因本身。这样可能或多或少会放松一些吧。嗯，不过这个方法只能说是杯水车薪。

不然，干脆放下所有好了。当然，自杀也是方法之一。我想，所有深陷抑郁的人都曾想过自杀吧。但是这么做实在是太伤害亲人和朋友了。我实在做不到。我还和濑户内寂听老师打听过出家的事。她说，在过去，出家也被认为是一种自杀。后来我搬去加利福尼亚居住，尝试斩断和日语之间的关联。我想，这或许也是我本人独有的一种自杀方式吧。

瑜伽、游泳、打太极、针灸、骑马、养猫、养狗、散步、跑步、跳舞、顺势疗法、合气道、百次参拜等，这些方法看上去好像有点良莠不齐，不过如果能够通过其中某种办法达到身心统一，那就说明它是有一定效果的。

我来说说我的经验。我曾经在医生的建议下采用过"饮尿疗法"，这种做法蛮触碰心理底线的，我可以说是相当认真地遵医嘱去做了。我还吃了一些抗抑郁的药物，但我这个人属于比较容易产生依赖的体质，所以也开始对抗抑郁药物成瘾，结果情况反而更加糟糕了。还有，运动貌似是有效的。我当时一整天都在做有氧运动，游泳、练肌肉……

还有就是动起来。让身体动起来。

我当时就是旅行、旅行、旅行、旅行，一个劲地跑出去旅行。而且是用日本古典文艺中经常谈到的"行路"的方法去旅行，去漂泊。我想，对于无路可走、进退维谷的人来说，应该尽量让身体动起来，去迈出新的一步。所以我才会拼命地坚持旅行。

抑郁的朋友

"我抑郁的朋友频繁地给我打电话，我感觉负担好重，好想逃啊。"

○ 40 岁

因为电话那头的人生病了，这是很严重的事，靠你自己是不可能解决你朋友的问题的。就算是双亲、妻子或丈夫，也会因为负担过重而想要甩手不干。这就是病人带给他人的压力。快逃吧，你应该先保护好你自己。只要别接电话就好了。渐渐地对方就不会再给你打了。其实，在我抑郁的时候，也曾因为一个劲地给朋友打电话，导致我们的友谊结束了。我真心觉得对不住我的朋友，但同时我知道这都是没办法的事。等心灵痊愈后，我们自然会明白自己给别人带去了多大的苦恼，也理解并接受自己因此失去了一段友谊的事实。等到下次再出现抑郁的情况，我尽量不只选择同一个人，而是多找几名友人去倾诉。

女性朋友

"工作实在太忙了,根本没时间和我的女性朋友们约会。"

〇 27 岁

工作太忙,没时间和朋友相处。这也没什么不好的。反正必要的时候你还会交到女性朋友的呀。朋友就是这样的一种存在。所以交朋友要比和丈夫或者兄弟姐妹相处起来更轻松。

结婚，离职

> "再这么工作下去也干不出什么名堂，所以我想赶快结婚，离职。可是我这种想法刚一说出口，我妈还有我的前辈都训斥了我。"
>
> ○ 34 岁

我也会训斥你的。围绕结婚的一个巨大问题，就是"离婚"。谁都不能说自己绝不会离婚。而且，没有收入，就很难下定决心去离婚。在婚姻之中想要离婚但又没法离，只能忍耐的那些日子，和工作很无聊的日子，还有忙碌于工作和育儿的日子相比，不，根本没法比，因为前者实在是太痛苦了。

面子

"邻居的关注真的令我不胜其烦。究竟如何处理好'面子'上的问题呢?"

○ 38岁

其实,世界上根本不存在所谓"面子"。这个词完全是为了让人活得更憋屈才创造出来的。像"迷信""妖怪"这些也是一样。为什么要憋屈着生活呢?因为在某类社会形态之中,这样的方式更适宜生存。因为这样就能让所有人做相同的事,让他们的动作变得局促,于是很方便管理,而且他们还不会考虑太多"无用"的事。但可惜的是,这样的社会已经开始瓦解了。大家从自己的家庭之中走了出来,走向各种地方去居住。去邂逅其他的文化,认识不同的价值观。一件事对于A国的A来说很羞耻,但对于B国的B来说就很平常,很自然,甚至很值得自豪。所以,所谓"面子"是不存在的。周围那些说三道四的人和你的人生无关,无视他们就好。和你的人生有关的,只有你的家人和一部分朋友。但就算是这些,也比不上你本身重要。

丈夫跳槽

> "丈夫说想跳槽。家庭支出可能遭遇危机。我觉得这样太不安稳了，不希望他辞职。"
>
> 〇 35 岁

本书的全部内容，都有一个终极目标，就是贯彻"我属于我自己""我要活出我自己的样子"。以这个目标为鉴，你会马上明白现在丈夫该做什么，妻子该做什么。你的丈夫眼下快要被工作的压力压垮了。你的丈夫如果不做任何变化，就无法活出他自己的样子了。不辞职的话，他的生命甚至有可能遭遇危机。那么现在最重要的不是生活或家庭支出，最重要的是夺回你丈夫活下去的力量。

战斗的女性 ③
生殖与女性

- 女性的模样
- 母亲与女儿
- 胎儿就是粪便
- 妊娠
- 引产
- 分娩
- 喂奶
- 育儿
- 辅食
- 内诊
- 出生前诊断
- 工作的孕妇
- 带着孩子
- 生育治疗
- 虐待
- 3 岁孩子的神话
- 猫咪
- 周围人的目光

女性的模样

> "我没钱,所以买不了衣服。现在正带着孩子,工作是非全日制的。"
>
> ○ 32 岁

如果在带孩子,头发是没法散下来的(会被小孩揪),也不能戴耳饰和颈饰(会被小孩揪),脖子上什么都不能有(会被小孩揪,而且很碍事)。喂奶的时候,奶水会滴下来,把衣服弄脏。要陪着小宝宝或者幼童,就得选择方便奔跑、下蹲等的衣服。要选便宜一些,不用专门送洗衣店,随便搓搓就能穿的衣服。这么一番折腾下来,一个完全不讲究个人形象的女性就出炉了。

我带孩子那会儿觉得不顾形象也不错,实际上也确实没顾什么个人形象。现在我反倒觉得那样其实不行,并且对自己当时的行为做了些反思。这也是因为我在欧美国家生活,接受了"夫妇的基础其实是恋人"的思想吧。

我们有时候也应该把自己打扮得惊艳一些,让伴侣大吃一惊。不然的话,有了孩子之后的生活就只能是:没钱、整天犯困、根本提不起劲做爱,并且开始觉得在伴侣面前展示女性特质的做法很麻烦。在过去,我一定会当仁不让地强调"这就是我的生活方式啊"。但后来我才逐渐意识到,当"性"这一部分从我们和伴侣的关系之中消失时,那取而代之的将是"杀伐之气"。很快,我们和伴侣之间的关系就将破裂。就当是我这老太婆絮叨吧。去买点和平时不太一样的衣服,便宜点也无所谓。穿上身,惊艳你的伴侣吧。

母亲与女儿

> "我是回老家生的孩子,然后在老家和我妈大吵了一架。"
>
> ○ 30 岁

怎么可能不吵啊?女儿的妈妈,也就是新生儿的外婆知道的那些对付新生儿的育儿法可都是三十年前的东西了。人一般根本就不记得三十年前的事啊。

虽然人类生育孩子的行为几千年都没变过,但根据实际情况来看,差不多每过十年,孕期的健康管理以及育儿方法、哺乳法等就会换个新潮流。而新手孕妇、产妇、孩子妈,就只能被这种潮流牵着鼻子走。可是呢,刚刚当上外婆的那个人,却在三十年前和此刻的这名新手妈妈带着同样的热忱,但又被略有不同的育儿法和哺乳法洗脑、控制。所以二者之间才会出现非常大的分歧。再加上这两个人是母女,她们往往有着同样的性格,母亲神经质,女儿也神经质;母亲很热心,女儿也热心;母亲一点就着,女儿也一点就着……所以两人之间自然容易产生磕绊。

之前做母亲的，也就是现在刚当上外婆的这一位原本并非"当事人"，所以她其实不必插手这件事，在一边旁观就好（其实我最推荐的就是这个方法）。可是她们往往会信心满满，觉得自己在育儿方面是有经验的过来人，而且也做好了当外婆的准备，又对女儿和孙辈一肚子的疼爱，想要尽力去保护孩子们，于是就变得很感性……在这样的状态下和自己刚生产过的女儿待在一起，是肯定会吵架的。

为了避免争吵，我建议不要回老家生孩子。最好是小夫妻俩在自己家所在的地方生孩子，然后两人一起努力度过孩子刚刚降生的那几周。不可思议的是，这样的做法明明最为合理，可为什么时至今日，女儿还是会跑回老家生孩子，母亲还是会接受女儿这样的做法，母女之间还要反反复复地大吵呢？这完全是因为女儿的小算盘。她们想让自己的父母和孩子尽快地互相适应，之后就能让父母替自己白干活，这样自己才能更早回归职场，要是还能把送托育的费用都省下，那就更棒了。

胎儿就是粪便

> "您这句话蛮有名的是吧,比吕美老师?"
>
> ○ 35 岁

没错。在大约三十年前我出版的那本《好乳房坏乳房》里,还有我那阵子创作的几首诗里都有类似的表述。

其实我这个人生性就喜欢些脏东西。小时候就喜欢什么粪便、呕吐物一类的,长大之后依然没改。不过,当我从女人的"性"和"生理"层面去审视"胎儿"的存在时,我是真的觉得胎儿就是粪便。后来我又生了第二个孩子和第三个孩子,把她们抚养长大,然后也积累了杂七杂八的经验,看护过父母、照顾过狗。收拾过那么多回的排泄物之后,我觉得我彻底看明白了——活着就是排泄。

妊娠

"什么是怀孕？"

一开始，只能通过那种有点反胃的妊娠反应，还有乳房根部很奇怪很别扭的感觉感知到自己怀孕了。不过在确定自己怀孕了之后，会慢慢地产生一种自我的能量非常坚挺、膨胀、旺盛的感觉。比起对胎儿的感受，这种对自我的感受其实更强烈。

到了孕中期，就能够感受到胎动了。排便也开始变得不太顺畅。所以会有种"我肚子里这一坨该不会是屎吧？"的感觉。第一次怀孕的时候的确会思考分娩是怎么回事，但每次一想这些，就会忍不住想到"该不会是屎吧？"这件事。

孕晚期，胎儿的动作会更大，在肚皮下拳打脚踢。这时候就显得没有什么"屎感"了。不过到了这个时期，想生产的需求会强烈起来，也就是说，很想"排出去"。这算是从另一个角度再次和"排便"产生了很强的关联意识吧。

我在孕期总是活力满满的,从生理层面上感觉自己什么都能做到,坚信未来的一切都能靠我的子宫、卵巢、乳房、乳腺去开拓,断言我的词典里不存在什么生病衰老。虽然我对"死"是有兴趣的,但那种兴趣更接近于一种幻想。一切的一切都和"生"有关。而这个"生",由我来"产生"。也正是这种高涨且幸福的情绪,会给人一种想要生育更多的愿望吧。

引产

"什么是引产？"

我们只有在自愿怀孕的情况之下，才会产生那种自我能量的高涨以及四溢的全能感。当我出于自愿怀孕时，会非常深刻地感受到它和并非出于自愿的怀孕有多么大的不同。也正因为认识到了这种不同，所以才会那么激动、兴奋，那么发自内心地感到快乐。

并非出于自愿的怀孕，是降到我们身上的、漆黑丑恶的咒。它明明不是母亲的咒，但母亲的咒却借此发挥起了"效果"。你看看！糟糕了吧！我是不是提醒过你，都是你不听话！你真脏！真是个坏孩子！这些咒的声音开始在我耳边回荡。于是，我开始憎恶自己。憎恶自己的生理、月经、性交、情感，所有的一切。连同胎儿，不，那还没有长成胎儿，还只是个胎芽——都要憎恶。

被引产的怀孕和自愿的怀孕一样，都会有妊娠反应。一天到晚地反胃，那种不舒服的感觉始终存在。但是，做完引产的瞬间妊娠反应就会消失无踪。原本是"母体"的我就在刚才还在忍受着那种反胃的感觉,不出几秒这感觉已经被忘了,想回忆都回忆不起来了。真是一段悲伤的体验。

"我是不是应该找寺院供养一下引产的胎儿呢?"

○ 24 岁

我认为,引产是身为女性所经历的种种体验之中最讨厌的事情之一,或许也算得上是最讨厌的一种自残行为了。而且,无论嘴上如何逞强也要明白,引产其实是极度接近杀人的一种行为。可是,我们又不得不在这件事上做出决断,因为这是我们自己的身体产生的变化,得由我们女性自己去决定"是要继续怀下去,还是引产"。还有很重要的一点是,如果不是因为无知,女性是完全可以规避这件事的发生的。所以你要是有供养胎儿的时间,不如好好反思与悔悟,继续在自己的人生路上大步前行吧。

分娩

"什么是分娩？"

所谓分娩，就是数年一遇的超级性高潮再加数年一遇的超级排便 2 次方甚至 3 次方的一种感受。但是它要比性高潮和排便的感受更强烈、更积极、更疼痛，是一种终极的"非日常"感。浑身都是鲜血和汗水，衣不蔽体，和日常生活里的自己极端分裂开，来自全身的生理感受在猛烈地摇撼，感觉整个人都被揉皱了，感情也难以遏制地越来越敏锐，但只能随波逐流，任凭这些感受的冲刷。这一切，都可以说是独一无二的体验。

当然，在正式的分娩前，肯定要忍耐一段难受的宫缩。不过也正如大家所说的那样，这段难受的体验是会忘的。所以，我虽然还想体验分娩的感觉，但为了这种体验，我还要再怀孕，之前要去性交，要和男性开始一段关系，然后还要自己把握好方方面面，孩子生下来还要养育。也就是说，要忍耐各种各样的情况和问题的出现。所以很难轻易再体验一次。这也是它属于一种极端"非日常"状态的原因。

还有一点很有趣。就是在分娩这样一个只能由产妇独自面对的"劳动"之中,他人的存在分外显眼。提供精子的男性的存在,腹中胎儿的存在,围绕着自己的助产士、医生、家人的存在,还有根本无力应对的自己的生理反应,所有这一切就好似一个"曼陀罗网",互相交错。我会被这一切所影响,同时独自攀登高峰、挑战极限、完成整个过程——这种行为,就是分娩。

喂奶

> "什么是喂奶？"

在我心里，怀孕很开心，分娩也很开心。但是偶尔想起还会觉得"嘿，真棒啊，还想再来一次"的经验，特别接近性高潮的经验，就是喂奶了。哺乳期的乳房会胀得鼓鼓的，乳头一触即发。婴儿湿润的小嘴会用我们想象不到的巨大力量去不断吮吸，乳房会有一种被释放的感受，这种感觉比任何一种释放能量的体验都要舒畅。

我 40 岁那一次的怀孕遇到了不少问题，所以也曾苦恼该不该继续怀下去。但是一想到喂奶时候的那种舒畅的感觉……当然，更有可能是正在孕期的我的乳房促使我产生了那种期待，于是就下定了决心，生吧！

为了孩子一定要选择母乳，这确实属于正论了。但是为了什么什么，所以要怎样怎样，这个逻辑总给我一种莫名地有些危险的感觉。虽然说不上来具体的点，但我就是不太喜欢这个说法。就说是为了自己所以要喂奶，不是挺好吗？不过我前夫经常对我说：一天到晚把母乳、母乳挂在嘴边的话，似乎对那些想母乳但是又做不到的母亲还有父亲不太友好。前夫在育儿方面一直很积极，他原本想在自己的工作领域更加活跃，但当时却不得不来协助我。所以我也有好好反省这一点。

说起来，这种行为的日语表达是"喂奶"，而不是"给奶"哟[1]。到处都这么写，我每次看到都觉得挺别扭的。

---

1 在日语里，"喂奶"是乳をやる，动词やる的对象通常是一些比自己地位更低的生物（如喂猫喂狗），后一个"给奶"原文用的是乳をあげる，动词あげる是更表尊敬和礼貌的一种用法。

育儿

"请教教我育儿的诀窍吧。"

○ 30 岁

首先就是"粗暴""没谱""吊儿郎当"。我最早是在《好乳房坏乳房》里提到这个的。尤其建议那些神经质、没经验的新手妈妈试试。

要做到"粗暴"和"没谱"还是比较简单的,但想变得"吊儿郎当"就需要每天"锻炼"了。但是一旦学会"吊儿郎当",那这本事不单在照顾婴幼儿的时候有用,在孩子进入青春期、自己进入更年期、和丈夫起争执、看护老人的时候,统统都能起作用。

接下来需要注意的是,过度的"粗暴""没谱""吊儿郎当"就算虐待儿童了。为了避免这种情况,记得要紧紧抱住宝宝。尤其是在小孩开始叽叽喳喳闹人,自己快忍不下去了的时候,一定要紧紧抱住宝宝。

不过还要具体问题具体分析。有些情况下,可能怎么都没心情去拥抱吧。但哪怕别开视线不去看宝宝那乱糟糟的样子，也要紧紧抱住宝宝。越是遇到这种情况，越是要去抱。宝宝其实是很不可思议的，他们身体上的混乱，会通过精神上的混乱表现出来，比如不安、不满、犯困，或者想获得你的关注，等等。所以，就用一个紧紧的拥抱去软化这些吧。无论情绪有多混乱，触碰双手和皮肤的方法都能帮到你，拥抱的同时我们自己也能平静下来。

还要明白，孩子是"他人"。养育孩子，其实是一种会模糊自己和他人边界的行为，即便如此，孩子还是他人。他有着和我们不同的性格和意志，他有属于自己的与世界交手的方法。他是绝不会完全按照父母的愿望去生活的。

最后一点，育儿的目标，就是在孩子心中种下自我肯定感，让他们知道"做自己就行了"。

说一个我小女儿三四岁时发生的事吧。当时因为她太过以自我为中心，顽皮捣蛋，于是她父亲，也就是我的伴侣，情急之下和她对坐下来，问她："你认为自己幸福和别人幸福，哪一个更重要？"我当时冷笑着旁观，心里想："你这样问一个小宝宝算怎么回事啊？这不算诱导询问吗？"然而我小女儿当场毫不犹豫地没有任何恶作剧成分地回答："自己幸福更重要。"啊啊，这是多爽快、多敞亮的自我肯定啊！我把她养得真棒！我当时就这样子在心底里把自己夸了一番。所以说，她的顽皮其实是不被父母和外界的想法所左右的表现。我觉得这一点很重要。

辅食

"请教教我如何做辅食吧。"

○ 30 岁

过去有些家长会把饭嚼一嚼放餐桌上,然后让宝宝随便爬爬走走到餐桌边,抓桌上的东西吃。如今再提这些就会被训斥:"这样大人嘴里的细菌就全都传给孩子了!"

辅食是不能花大功夫认真做的。父母很不可思议的一点就是,如果做好的东西孩子全都吃了,就会特别开心;如果孩子不吃,他们又很火大,就好像自己被孩子拒绝了一样。不要去想:"我这么费劲做出来的饭,结果宝宝竟然不吃(我被否定了)!"就带着"吃不吃都无所谓"的心情做辅食,这样比较好。

我就是用这种态度做辅食的。后来我小女儿从六个月起开始去保育园,她在那儿吃到了合理制作的辅食,一直容易腹泻的问题一下子解决了。当时保育园的老师们温柔地教育了大为吃惊的我:"您还是要给小宝宝吃适合小宝宝肠胃的东西才行啊。"想想还蛮怀念那个时候的。看来，虽然要"吊儿郎当"，但必须得有个度才行啊。

内诊

"我实在习惯不了内诊。"
○ 26 岁

我前面已经讲过了,出于自身意愿的怀孕和并非出于自身意愿的怀孕是完全不同的。那么说到看妇产科的思想包袱呢,它不仅在怀了想生和怀了不想生的人眼中不同,对于未婚者和已婚者、初产妇和经产妇、年轻人和年纪大了的女人来说,也都有很大不同。

我以前不但思想包袱很重,而且还有很强的畏惧心,所以每次内诊的时候,我总感觉医生的手插进阴道里把我的整个内脏都搅和起来了,实在可怕。但如今再内诊我可是一点都不会胆怯和厌恶了。我现在觉得产科、妇科、肠胃科、皮肤科都一样。我和大夫谈论我的阴道、子宫和乳房时,就好似在谈论割伤、胃疼,或谈论情绪不振带来的苦恼一样。你现在不习惯只是因为经验少,以后习惯了就和我一样了。

出生前诊断

> "我很苦恼,不知道应不应该做一个出生前诊断。"
>
> 〇 41 岁

我 40 岁的时候和前夫离婚了。当时家庭关系很复杂,各种问题像一团乱麻,我在无尽的烦恼重压下陷入抑郁,当时以为自己一辈子都无法振作起来了。就在这时,我和一个有一定亲密关系,但是根本不想跟他结婚的男人有了孩子。我当时真的很苦恼。之所以没有去引产,一方面是因为我回忆起了喂奶的快感,想再经历一次;另一方面是我已经不是什么不成熟的小女孩,可以说句对不起就算完事了。我已经 40 岁了,是个拥有自我,也有一定经济能力的女人了。这时候不小心怀孕了,总不能轻飘飘一句"那就堕了吧"就算完事,我应该负起责任来。当时我是接受了出生前诊断的。我 40 岁了,众所周知,高龄妊娠存在更高的染色体异常的风险。我自己也想掌握胎儿的情况,这个孩子的父亲也想知道结果(这种检查在美国属于非常普通的一项检查）。不过，接受诊断的前提是，一旦发现异常，就得准备引产。

当时我家里的情况真的非常复杂。已有的两个孩子和家人不和，家庭面临崩塌；正怀着的这个孩子属于非婚生子，孩子父亲和我们有着不同文化，说着不同语言，住得也很远，完全指望不上。不论腹中胎儿异常与否，我都只能靠自己去抚养。我当时非常不安，我问自己："你真的养得了这个孩子吗？"

我当时已经处在孕中期，所以只能做羊水穿刺检查，还住了一晚上医院。那时候我的肚子已经很大了，也能感受到胎动，能非常明确地感觉到肚子里正孕育着一个孩子。胎儿发育到这么大了，还能引产吗？在我还没能得出什么结论的时候，检查结果出来了。我清楚地记得，当时大夫把检查结果拿给我时，我内心感慨：关于自己身体的一切，我都想知道。能看到这份检查报告，实在太幸运了。不过，倘若当时得出的结果不如意，我又该如何是好呢？说实话，时至今日，我依然不知道答案。

工作的孕妇

> "我是一名正在工作的孕妇,请问有什么需要注意的地方吗?"
>
> ○ 32 岁

建议你不要勉强自己,该休息就休息。自己的身体还是要自己保护好。肚子里的孩子也得靠你来保护。不过,休息或者迁就自己的话,可能会殃及你的同事。以后请育儿假可能会进一步影响到同事。所以身体情况不错的时候就认真工作,赢得同事们的理解吧。保护"母性"一类的场面话暂且不提,你的同事不可能全都对你持欢迎态度。所以,以上的建议,就是为了给你增加一些愿意支持你、不会抵触你的孕妇身份的伙伴而已……话说到这儿,其实也都只是一些场面话中的场面话罢了。要问我打心底里究竟怎么想的,说实话——我觉得让孕妇休息才是理所当然啊。

社会就应该让人可以去放心孕育生命,社会就应该做到让人们可以一边育儿一边工作。既然要生孩子,就得有人去怀孩子。只不过碰巧是女性能够怀孕，而女性又必须在社会之中工作。既然如此，要社会做到我所说的那两点不就是理所当然的吗？那不就是全人类的梦想吗？虽然你可能也会遇到一些难堪尴尬，但我希望你能和其他正在工作的孕妇一起，挺起胸膛，堂堂正正地成为为自己挣得权利的先驱。

带着孩子

"街上经常能看到一些带孩子的家长很没教养。"

○ 46 岁

"太多地方都没法带孩子去了。"

○ 29 岁

小孩子很吵。听习惯了或者是自己家孩子的话,或许会觉得可爱。但对于其他人来说,那就是噪声。而且的确也会有人怀疑:这些家长有没有好好教育小孩啊?

即便如此,我依然会鼓励和呼吁家长们:去吧!带孩子走出去吧!父母虽然必须抚养孩子,但是父母本身也只是二三十岁的年纪,也还在自己的工作之中成长着。所以,一定要走出去,去接触社会。如果驱逐那些抱着孩子孤零零地在住宅和公园附近待着的家长,不许他们再带孩子来的话,他们就无处可去了。平时不离左右地去养育孩子,他们很难有什么机会把孩子托付出去的。

未来，我们应该会渐渐习惯孩子的吵闹，对于会被带着孩子的女性打扰到也有了十足的心理准备；同时，我们也要为了创造这样一个社会而努力。

生育治疗

> "我已经接受了三年的不孕不育治疗，不知道什么时候是个头。"
>
> 〇 42岁

生育治疗，尤其是做试管，本来成功率就不是非常高。上次没怀上，这次又没怀上……一次次地尝试，到最后，感觉这似乎不是为了怀孕，而是为了反复确认自己无法怀孕而做的治疗。一切的努力都仿佛是在"否定自己"，真的非常痛苦。

放弃治疗等于放弃怀孕，也就等同于确定了自己的人生将永远不会有孩子，这一点会让人感到很痛苦。摆在眼前的，将是和自己的伴侣两个人漫长的二人世界。而这个二人世界的状态可能永远相同，永远不变，那种枯燥感，或许还未体验就能预感到了吧。

无论接受与否，这种情况都令人感到痛苦。而结论迟迟未决，一切都无法尘埃落定，这同样令人痛苦。

为了消解执念，最好的办法就是先从眼前做起，用因数分解的方式逐一分析并观察问题。这种方法用在生育问题上一样有效。尝试去思考，思考生育治疗的方法、目的、自己的内心。身体究竟是什么？身体究竟如何运转？自己为什么想要孩子？孩子究竟是什么？在社会中、家庭中，还有自己的内心深处，孩子的角色究竟如何运转？"没有孩子的人生"究竟是什么样的？不要用否定的态度，要尽量客观地去描绘没有孩子的人生是什么样子的。

你要接纳的不是"做不到"的自己，而是"做得到"的自己。不是"没有"，而是"有"。

从现在开始就好，你们夫妻俩一起商量一个放弃的"节点"吧。比如坚持一年，或者尝试五次之类的。如果是正准备开始做生育治疗的人，就从一开始设定一个时间段好了。如果在定好的这段时间里没有成功，那无论哭与笑，都放弃这段尝试，向前走。其实，很多在做治疗的妻子都对我说，她们希望丈夫能对自己说一句："我们已经努力过了，放弃吧。"

虐待

> "我不知道要怎么训孩子比较对，我总感觉自己好像有点训斥过度了。"
>
> ○ 31 岁

> "我总会忍不住打孩子。但是看着熟睡的孩子，又打心底里感到抱歉。可是到了第二天，一切又回到了老样子。"
>
> ○ 25 岁

你们说的这些，和电视新闻上报道的那种虐待儿童的情况还不太一样。你们其实只是一些过着普通生活的平凡母亲，还没习惯育儿或者感到被孤立，于是出现训斥过度、语言攻击、忍不住想动手的情况。大多数时候，都是母亲独自感到烦恼和后悔，等以后孩子长大，逐渐不再需要母亲事无巨细的照顾时，这些烦恼就会被母亲和孩子统统忘掉了。

解决办法可以是送保育园，让他人参与到亲子关系之间。这样做父母的内心才能稍微找到一些余力，还能学习到一些专业的育儿方法。可能好不容易赚来了钱又要统统花给保育园了，但这依然是能够缓解育儿压力的好办法。

还有我前面反复提到的"我属于我自己"，这个说法同样适用于儿童。先去掌握"我属于我自己"，然后明白"你属于你自己"。可能有些家长会怀疑："孩子还那么小，真的适用吗？"真的哟。因为孩子基本上都不会按照父母设想的样子去成长，毕竟你们是不同的人啊。

3 岁孩子的神话

"常听人说'孩子 3 岁之前一定要在家中抚养'。"

〇 30 岁

这种说法纯属瞎传的。完全没必要相信。我反倒觉得,应该积极地把孩子送去保育园、幼儿园,以及各种集体之中。我认为,孩子就应该在能够和各种人沟通交流的环境下成长。

猫咪

> "我突然特别想养猫，这种想法是不是有点太鲁莽？"
>
> ○ 26 岁

明明自身情况和精神方面都没有出现极端的不稳定、不现实，但不知为何，女性到了 25 岁后（嗯，这种事也分人，只不过我是这样的情况），往往会在生理层面上有一段很想生育的时期。这时候就请你养猫试试吧。你会感到不可思议地平静，甚至会怀疑这猫是不是散发出了什么神奇的魔力。养猫当然也要负责，但比养一个人类的孩子要放松很多。我在 20 来岁的时候曾经体验过那种放松感。虽然现在完全爱上了养狗，但当年我大概是更喜欢猫的。

周围人的目光

"总有人问我:'什么时候生二胎啊?'我觉得好烦。"

〇 35 岁

说到底,生不生孩子这种事,应该由一名女性和自己伴侣进行讨论并做出决定。对此,社会、习俗、周围人,以及父母都没有资格评判。虽然我也希望那些多管闲事的人能消停一点,但世界上就是有那么多没眼力见儿的家伙。这种人可能并无恶意,但是口无遮拦,一开口就会伤害到对方,自己还毫无自知。这种人设想的那种人生早就过时了,那是很久之前,社会形态和当下完全不同时的人的生活,现在没人是那么活着的。但他们根本意识不到。他们就像老派家庭剧里的街坊邻居一样多管闲事。好在大家还是渐渐地开始意识到,询问年轻女性结婚的事情,询问新婚夫妇什么时候生孩子的事情,好像有点没礼貌,如果这种觉悟再进步一些就更好了。

战斗的女性 ④

家庭与女性

- 女性的模样
- 母亲与女儿
- 结婚
- 同居·事实婚姻
- 妻子与丈夫
- 离婚
- 育有子女的离婚
- 再婚
- 性行为与女性
- 家务（厨房）
- 结婚仪式
- 贤妻？良母？
- 出轨与婚外恋
- 无须犹豫的离婚
- 恋母
- 儿媳妇和婆婆
- 老家与生家
- 坟墓
- 为丈夫善后
- 父亲的死
- 婚外关系
- 女性朋友们
- 嫉妒的对象
- 男性朋友们
- 父母的牵挂

女性的模样

"我现在似乎连长胖这件事也觉得无所谓了,自己都觉得自己这样好可怜。"

○ 38 岁

起来,站起来,女人啊!快站起来去运动。注意,长得胖和一身不健康的赘肉是不一样的。人到中年,就算运动可能也没法变瘦了,但或多或少能够让身体紧致,心态也会完全不同。

母亲与女儿

> "每年夏天带孩子回娘家,每次都一定会和我妈吵架。"
>
> ○ 40 岁

　　幼貉和幼猫一旦成年离窝,之后如果又带着自己的孩子误闯进自己幼年曾待过的地盘,那么它们的父母就会将浑身的毛竖起来,将它们视作闯入者,驱逐它们。而人类只不过是用文化和语言来欲盖弥彰,被"疼爱女儿""疼爱孙子"的说法洗脑,忘记自己真正的心情,所以才会和子女同住的。

> "我小时候被我母亲的育儿方式伤得很深。我希望能把这些告诉她,听她说声抱歉。"
>
> ○ 45 岁

这是不可能的。母亲不会道歉。翻出旧账让对方道歉，这对于女儿来说或许有理，但对于母亲来说就是完全欠缺思考的暴行。就算女儿只是想传递出自己的心情，但对于母亲来说，这就是女儿在攻击自己，在对自己判刑，在当面控诉妈妈有错。任何人在遭受攻击的时候都会本能地身体僵硬、下意识地保护自己，否定、反驳、为自己辩护，紧闭心门。所以这种做法最终无法改变任何事。

结婚

> "我最近在考虑结婚。"
> ○ 25 岁

无论是事实婚姻还是法律认可的婚姻，说实话，结婚净是受苦。它意味着要和别人一起生活，衣食住行都在一起。在室内，在通风很差的密闭空间里抬头不见低头见。金钱、家人、睡眠、饮食，就连命运都绑定在一起，怎么可能没有冲突呢？加之，在家庭之中，女人的工作那么重，那么苦。你再试试要个孩子，那就相当于将家务、工作、育儿、丈夫全都扛起来。没有钱，被时间所逼，筋疲力尽。生育孩子很辛苦，不能生育的话又要被周围人指指点点，自己也会焦躁不安，这也一样很辛苦。只要不结婚，以上的一切都不会发生。可即便如此，想结婚的人还是那么延绵不绝。

说到底，结婚究竟是什么？

我一直在强调"我属于我自己"这个概念，想必大家耳朵都快听出茧子了吧。如果你能真正做到"我属于我自己",那就也能做到"你属于你自己"了。不过,在达到"我属于我自己"的过程中(或者尚未形成这样的认知),就头脑昏聩地认为"我就是你,你就是我",那这就是恋爱了。而结婚,就是做好心理准备,决定接纳这个自己被恋爱冲昏头脑后认定的对象的全部。比较理想主义地讲,就是这样。它只不过是一种理想而已。在现实生活中是很难达到这种理想的。

不过,结婚却有着仿佛被麻醉一般的快乐。这种快乐究竟从何而来?这种快乐并非出于"我们彼此太合适了!""他实在是太棒了!"一类单纯的东西,这种快乐之中蕴含着人类最基本的本能——群居的本能。群居的数量至少是"二"。一生二,一加一等于二。

但是,万事皆无常。此处也需敲一记警钟——有结婚,就有离婚。人在离婚时是绝望的。要想规避掉这件事,就必须习惯,必须放弃。过去我总觉得不能习惯和放弃,但现在,我觉得这样也蛮好的。

同居・事实婚姻

"我不懂结婚的意义是什么。"

○ 30 岁

婚姻本身自不必提，我本人还把结婚的一些周边形态全都试过一遍，包括同居和事实婚姻等。从实际感受来说，我觉得从同居走向事实婚姻，社会的认可度是逐渐增高的。到最后，猛地越过高高的藩篱，就是结婚。当然，如果你只是把自己的伴侣明确介绍给周围的人，那么无论同居还是事实婚姻，其实和已婚都没什么区别。这个"终于能光明正大地讲给别人听"的状态，其实就是它们和出轨之间的本质区别了。这恐怕也是一种"力量"的逻辑，就好像在自己的地盘上撒尿，以此来展现自己的领土一样。通过炫耀，能够获得某种快感。

虽然是跨越了那个藩篱之后结婚，藩篱区域的有无似乎也很重要，但是它会逐渐崩塌，如果彻底坍塌了，那你就必须走出去了。如果不在乎它的存在，那这藩篱也就和没有一样。

当然，这也是我的性格、我的工作，再加上现在我在国外生活造成的一些影响吧。在二十多年前的日本社会中，就算是事实婚姻，生活也会遇到很多不便。当时亲戚、路人、领事馆的人、邻居，还有我自己的母亲都在反对我。我当时还年轻，很鲁莽，一心追求理想，所以对他们的做法非常敏感。如今我的亲人都已四散，我也没什么需要保护的了。我老了，平静了，万事都不再令我动容，那些苦难熬过了也就忘了。

如今我生活在加利福尼亚，目前的婚姻情况属于事实婚姻。不过，我完全不建议大家在国外生活时采用事实婚姻这种形式。因为只有实际结婚的对象才能使配偶取得签证。我的签证是通过我自己的努力，拼命拿到的。因为这件事，那些美国领事馆的人还曾对我冷嘲热讽过。我其实对此耿耿于怀。

即便是在加利福尼亚，结婚和事实婚姻之间仍有微妙的不同。如果是结婚，那么既可以继承财产，也可以申报所得税，共同购买保险，出现任何意外情况，还可以决定伴侣的治疗方案。我的伴侣年纪已经很大了，所以事实婚姻在实际生活中给我们带来了很多不便。

眼下，社会也开始逐渐认可同性的婚姻了。之前在美国的一部分州同性结婚是合法的。一部分州则尚不合法。到了2015年的6月，同性婚姻法律终于得到了最高法院的肯定，完成了全国合法化的进程。在此之前，同性恋者忍受了漫长的痛苦。

几年前我女儿结婚了。告诉我这件事的时候，她还说会把姓氏换掉。我听了很吃惊，不由得问她："怎么了？为什么要换啊？"女儿告诉我，之前她自己都是一个人生活，接下来就要两个人一起生活了，所以就打定主意结婚改姓，结婚之后的这个姓氏是她和伴侣两个人的姓捏在一起造出来的全新姓氏。他们俩也都改用了这个新的姓。后来他们的孩子出生，孩子也用了这个新的姓氏。那是一个日语和英语融合在一起的姓氏，很不可思议。使用这个姓氏，就意味着这种婚姻和传统的日本式婚姻完全不同，它是从个人理由出发的，我很佩服女儿的做法，觉得这样令人心情十分舒畅。

藩篱存在，就会令人感到憋屈，但我们也可以当它不存在。我们需要自己去思考把藩篱破坏到什么地步，破坏到哪一步应该停住……虽然这种思考是很辛苦的，但它值得。

妻子与丈夫

"我对丈夫的脑回路感到火大。"

○ 35 岁

"我说什么我丈夫都要反驳,搞得我很焦躁。"

○ 41 岁

"我丈夫满脑子只有他自己。"

○ 32 岁

"因为丈夫,我和公婆的关系也恶化了。"

○ 43 岁

"想离婚。"

○ 40 岁

聊聊吧，和丈夫好好聊一聊——我以前经常这样讲，但最近我放弃了。如今我反倒觉得夫妻的问题还是不聊比较好。或许就是因为没法聊所以是夫妻，因为不去聊，所以还能做夫妻。

大家都说，如果夫妻之间相处不顺利，那他们的关系可能会越来越差，最终分道扬镳。但事实恐怕并非如此。一对夫妻可能就那么糊里糊涂地，不爱但也不分离，你争我夺着，一日三餐地把日子过下去，逐渐地也不再有什么性生活，就那么上了岁数，彼此之间的关系也产生了变化。

上了年纪之后，就算不说话，就算彼此意见不统一，你们的关系还是可以变好。可能就那么稀里糊涂地从离婚那种既可怕又痛苦，非常难受且非常麻烦的状况中逃离掉了。

在这漫长的岁月里，该怎么稀里糊涂地度过呢？办法就是，不要当面去质问对方。别逼对方。人被逼迫时会狗急跳墙，下意识地展开自卫和反击。接着又要轮到你被攻击得狗急跳墙，想都不想就要反击。这样下去真的有百害而无一利。

在此期间，对方一天天变老，你也会一天天变老。几年过去，就算当事人们都没注意到，大家其实都发生了很大的变化。我们看待世界的方式有所改变，面对彼此时的方式也会改变。不是一加一等于二，也不是二乘二等于四了。

离婚

> "我已经离婚一年了,但至今还觉得很痛苦。"
>
> ○ 33 岁

你可以这样想,离婚了之后要再振作起来,得花四年的时间。参考标准呢,就是我个人的体验了。

我这个人比较随意,懒散,粗暴,吊儿郎当的。因为凡事不多想,所以我以为自己离了婚也能比较积极地去生活。不过,实际情况并非如此。我虽然还是蛮积极地去生活,但不知为何,我就是不愿靠近那个已经没再住着前夫的房子(我还留着它)。所以我就有意不去靠近它。最终,我花了大概四年的时间才愿意回那个家。四年间那个房子一直闲置着没人管,又脏又乱。其实,只要是遵循了动物的本能去生活,不接近自己讨厌的东西,那我们内心就不会受到太多打扰。我当时其实没有注意到,自己的内心也和其他人一样受了伤。我是在已经痊愈之后才注意到这一点的。

有人告诉我:"我丈夫出轨了银行职员,所以我们离婚了。之后好几年我都很抵触去银行。丈夫搬出这个家之后,我又过了六七年才总算能把他的东西扔掉了。不论是看到还是想到我都觉得好讨厌。"

内心受的伤真的需要时间来治愈。那道肉眼看不见的伤痕花上四年时间(当然每个人的时间不同)一定会痊愈的。不必着急,慢慢等它痊愈吧。

育有子女的离婚

"正在考虑离婚，但又很担心孩子。"

○ 32 岁

孩子是讨厌父母离婚的。无论父母如何争吵，小孩子也不愿意父母离婚。对于孩子来说，父母离婚就和地球毁灭一样。但是，有时候就算地球要毁灭，也拦不住父母离婚。

为了能让孩子好好接受这件事（这需要经过很长时间，否则孩子可能根本没法接受），首先要让自己接受"自己只能离婚了"的事实。我想，这也是准备离婚的父母对孩子应尽的义务。随后再着手去做要做的事吧，记得带上你的孩子。

还有一些不可或缺的东西，比如抚养费，还有父亲和孩子的关系。一些妻子离婚后不愿再见前夫，这种心情可以理解，但对于孩子来说，维持好和父亲的关系，必然能在未来他开始质疑自身存在的时候起到作用。当然，家暴就另当别论了。

夫妻之间只有出现了互相仇恨、咒骂、意见分歧比较大，内心冒出"啊！受不了了！再也不想和这个男人住在一起了，我快要变得不像自己了！"等情况时才能离婚。对于目睹了"地球毁灭"的孩子来说，也是在见证了父母对彼此的憎恶和仇恨时，才会明白他们要离婚是拦不住的，最终也只能接受了。

> "我的父母都60来岁了，他们住在一起，但完全不交流，吃饭也是分头吃。"
>
> ○ 28 岁

既然你们一家人住在一起，那我认为已经成年的子女是应该管管这件事的。要是有人说，"孩子无权干涉父母"，你应该反驳他们："我们有权干涉。因为这种状态对于一个家庭来说很病态，我希望能让一家人更加和谐，所以才要出手。"虽说是要干涉一下，但其实你们能做的也就只有"倾听"。可能就是发生了什么问题吧，要不然就是他们中的某个人做了些什么，要么就是二人长年以来日积月累的问题。无论父亲还是母亲，他们归根结底都只是人。就算对于你母亲来说,这个丈夫令她厌恶,但他仍是自己女儿的父亲。或许母亲说的一些话女儿并不愿意听,但你也无须完全认同你母亲的话,只要聆听就够了。这个家中只要能有一个理解她的人,对于你的母亲来说就算得救了。同时此举也是能够拯救夫妇不和的方法。说实话,你的父亲母亲都只是普通人,他们都很希望能被包容和理解。

再婚

> "我要带着和前夫生的孩子再婚了。请您讲讲心得好吗?"
>
> ○ 35 岁

我建议不要对孩子的继父有太高期望。当然这件事也分人。

要说我自己的真实体验,那就是继父真的啥忙都帮不上。就算继父本人想好好努力,但和他聊到孩子时,他给我的反馈意见却永远不像孩子的亲生父亲那样——会在全面肯定孩子的基础上去提出意见。他的看法非常客观,所以我们之间往往会产生一些分歧。所谓父母,一定会全面地肯定自己的孩子。当然,也正是因为这样,有些细节他们才会注意不到。但也正是因为有了前面这种不假思索的肯定,孩子才能得到最大的心灵支撑,才有力量独自面对整个世界。

继父只是个陌生人。从陌生人这样一个角度出发去和孩子相处也更简单(也有很多人认为就算是亲生的父母和子女，往往也是先从陌生人的角度出发去相处比较好）。因为本就是陌生人，所以带有一定的陌生感会比较好相处。尤其是女方带的孩子是女孩，相对陌生一点会更好些，同时也能在一定程度上预防性虐待事件的发生。

如果你要成为继母，情况也是相同的。从陌生人的角度出发（就算是亲生的也一样）比较好相处一些。在各种民间故事之中，继母往往是坏人，但那些事其实都是亲生母亲做的。民间故事在塑造母亲的形象时往往会将母亲过度神化，给她安上各种要素，所以就只好运用继母的形象去做一些隐喻。希望你不要被这些刻板印象迷惑，努力摸索属于自己的生活方式，照自己的性格做一个继母吧。

性行为与女性

"结婚第三年了,和丈夫同房还是很痛苦。"

〇 32 岁

"妻子不愿和我发生性关系,可我一旦出轨下场又很惨。"

〇 36 岁

性行为不和谐,有时夫妻会通过无性婚姻来表现这一点,有时又会选择出轨来解决这件事。

如果夫妻双方都不想有性生活,那这种无性婚姻其实没什么问题。问题就出在一方想,一方不想的情况下。这样一来,想发生性关系的一方就会非常难受。而且性是一种遭拒绝后比其他任何事情都让人感到伤痛无比的东西。因为你一旦被拒绝过一次,那种肉眼不可见的伤痛就会深深扎根在你心底,让你再也不想和那个人发生性关系了。

我能想到几种解决方法。一种方法是建议不想做的人——就不情不愿地接受吧。不过，不满的情绪一定会残留下来。逼一个人去做他不想做的事，这样太强迫人了。你一定会有种自己好像在讨好别人，这生活好像不属于自己的感觉。而且那种不情愿的情绪一旦表现出来，对方也会冒出"别傻了，我宁愿你不做，也好过这样子可怜我"的想法。但即便如此，对于夫妻来说，可能还是做比不做强吧。

还有一种方法，就是尊重不愿过性生活的伴侣的情绪，保持无性的生活。虽然这样对于想过性生活的人来说非常煎熬，但是在这个忍耐的过程之中，或许你们不知不觉就找到了能在无性的环境之下生活的方法……又或者，可能到底也没法这样生活下去吧。

这就引出了第三个办法，不想过性生活的人，要允许想过性生活的人在外面寻找性爱对象。这样一来，不想做的人也就不必去做了，想做的也能满足自己。但是，选择这种方法的恐怕很难保证内心的平和。性欲问题解决了，但自己的领地却被其他男人或女人侵占了。

到55岁后，无论曾经多么旺盛的性欲都会有所收敛。所以只要想办法忍到55岁，可能一切就柳暗花明了。但是眼下才二三十岁的当事夫妇们，还要抱着接下来几十年都不想或很想有性生活的想法过日子，他们并没有看透未来的能力。

那么就到了第四个办法，干脆就离婚，换个人重来吧。说不定换了个人之后一切反而会变得顺利了呢。

当然，我们和伴侣的相处之中不仅仅存在性生活这么一个问题，还有思维模式、感受方式、成长经历、爱读的书、爱听的音乐、爱吃的食物等。关于性的问题，或许都会被替换成：在你人生中，究竟什么才更重要，要舍弃什么，又要选择什么等问题。

家务（厨房）

"我和丈夫分担家务。但只有厨房我不想分出去。"

〇 31 岁

厨房的水池中间不是有个洞吗？为了挡住一些固体，它还带了一个网状的盖子。液体会从那儿漏下去，那个洞黑乎乎的，收拾得不到位的话还会变得黏糊糊的。我一直觉得，那个洞其实吸收了各种各样的力量，又产生出了各种各样的力量。

说起来，做饭其实是一种单调的手工工作，对吧？淘米、切葱丝、煮面，手部反复着这些动作，曾遗忘的感情会突然苏醒，摇撼着我们的心。

在很长一段时间里，我们总被人说"你们女人如何如何（虽然我们确实是女人）……"，然后一直被困于家中。但正因为这片水池中间的洞眼还有做饭的本事，我们才在千难万难之中生存了下来。希望家务能有人分担，但是做饭这件事又不愿放手——在很长一段时间里，我也是这么想的。不过，我的伴侣似乎也注意到了这种力量。于是，某一天，我终于还是放手了。我感觉，女性的支配力似乎就是从放手的那一刹那开始变弱的。不过，男性的自立似乎也是从那一刹那开始萌生的。所以，放手说不定也是件好事。

结婚仪式

"我觉得办婚礼很浪费,不懂为什么要办这种东西。"

○ 32 岁

我也这么想。不过,我知道为什么要办。因为对于共同体、信仰、家庭来说,仪式是很重要的。再加上一些其他的理由:出于虚荣心、出于父母的愿望、出于想要一生一次的高光时刻、出于想做一个山盟海誓的决定、出于想展现自己在感情上走入全新的阶段,或者单纯就是不得不去做……我曾经办过两次结婚仪式,一次是在父母和亲人的见证下,一次是在共同体的见证下。这两场婚礼的规模都很小。反正我已经充分体验过结婚仪式了,以后不管还会再结多少次婚,我都不会再办结婚仪式了。

贤妻？良母？

> "我既不是个贤妻也不是什么良母，啊哈哈。"
>
> ○ 34 岁

比起被母亲加咒的"好孩子"，贤妻良母的标签似乎更加一目了然，也更容易反抗它的桎梏。当你不再是一个"合格"的贤妻良母时，你的内心之中才会萌生出一些新的东西。

> "婆婆把'做妻子不合格'的成绩单寄给了我妈。"
>
> ○ 30 岁

如果你和你的婆婆一向相处融洽，那事情就好办了。你的目标就不应该是成为合格的妻子。你应该在不合格的基础上，或者在别的方向上做"妻子"。不如，先尝试把你的婆婆当成好相处的年长友人如何？

出轨与婚外恋

"我丈夫出轨了。他是个性格认真的人。我觉得他应该不是真心要出轨的。"

○ 33 岁

"我丈夫正在和他同事搞婚外恋。"

○ 42 岁

出轨和婚外恋之间的区别是什么?最明确的区别是,出轨和是否结婚无关。一段稳定关系之中的一方如果在别处又建立了其他亲密关系,这就叫作出轨。而婚外恋指的是一方或者双方已婚。也就是说,虽然所有婚外恋都属于出轨,但是并非所有出轨都是在搞婚外恋。

还有一点不同,就是婚外恋的双方可能更加"认真"。出轨也正符合它的字面意义,是一种越界了的感情。从遭受背叛的妻子的角度来看,如果她们想要挽回一切,她们就会心存希望地称这种背叛是"出轨"。而站在一个拼死也要抢到这个已婚男的女人的立场上,她们恐怕更想称这段关系是"婚外恋"。如果一个已婚的女人,她既不想破坏自己的家庭,也不想破坏对方的家庭,但却因为这个已婚男的存在而恢复了生气,那她也会把这段关系称为婚外恋,而非出轨。那么,把丈夫的行为称为"出轨"的你,大概也隐隐意识到事情的严重性了吧。

总而言之,为丈夫的出轨感到烦恼的女性,请把我接下来要说的话好好记住。性爱是伴随着情感的,尤其是和一个新的伴侣发生新鲜程度很高的性关系,更是如此。只要想象一下,你就能马上明白那究竟是不是出轨程度会做的事了。然而,无论产生了什么样的感情,有家室的男人大抵胆小又没毅力。他们一般很难下定决心把家人全抛弃,从零开始一段新生活,让自己做个大恶人……所以,你也不必太悲观。重要的是,要拿出那种不问是非的狂妄之气,你也不必过多指责丈夫。其实问题还出在别处,它发生在你们夫妻关系之中很深的地方,你们不能忽视这一点。

无须犹豫的离婚

"我丈夫一喝酒就会家暴我。"
○ 40 岁

我觉得无须犹豫、必须离婚的类型,就是你丈夫这种家暴男类型。希望你现在马上离开他。如果被一起生活的男人殴打,你根本就不可能活出你自己的样子。

"丈夫婚前借了钱,所以我们一直苦于生计。"
○ 37 岁

还有这种欠一屁股债的老公,我觉得也必须离婚。家庭是属于你的地盘,它应该是一个能让你感到安全、感到放心的地方。你不能被外面闯进来的敌人,也就是来讨债的人,还有没钱的情况搞得始终生活在恐惧的阴影之下。

"丈夫把他的出轨对象介绍给了我。他说想让我知道她不是个坏人。我该如何是好?"

〇 35 岁

真服了你丈夫,离婚。没必要对你丈夫的人生负什么责任,而且你也没办法生活在一个威胁到自己的女人的阴影之下。你要知道,只有在自己的地盘里,也就是在你自己的家庭之中,你才能大大方方地做到"我属于我自己",做到"我是强大的"。

恋母

"我丈夫恋母。"

○ 33 岁

如果一个家庭养着一只上了岁数的狗，然后又新养了一只小狗，那这个时候，原则上一切都应该优先"原住民"老狗。如果把这个原则放在人身上去想，那的确是该优先母亲，因为母亲和她儿子之间的关系是先于你们的关系存在的，是这个道理吗？不，并不是。该优先的是妻子，母亲应该往后放。放回养狗的例子里打比方，要做的不是让先来的狗和后到的狗之间和平共处，而是要完成一个地盘统治权的新旧交替。统治这个男人的是他的妻子，这个男人的配偶是他的妻子，不是他的母亲。

男人们请听好：儿子对母亲表达出的那种感情，哪怕是非常纯真的感情，在你们的妻子看来都是恋母。瓜田不纳履，李下不整冠。这不是你和母亲、你和妻子的单线关系，你最好把它看成一段三角关系。母亲对儿子的执念，必须得由儿子亲手去掐灭，去反抗她，让她失望才行，你们做得到吗?

妻子们,请听好:你丈夫现在是个自大又招你烦的男人,但因为他恋母,所以几十年后,他会变成努力看护的孝顺儿子,能帮上些忙。也就是说,面对那种多少有点恋母的情况睁一只眼闭一只眼,对未来比较有好处。

儿媳妇和婆婆

"每次亲戚聚会我就觉得心情沉重。"

〇 29 岁

"儿子一家人回老家来,我为了照顾他们辛苦得够呛。结果他们回去之后连个道谢的电话都没打。我把这事情和儿媳妇说了,结果把我们的关系都搞砸了。"

〇 62 岁

"不想和婆婆打交道。"

〇 38 岁

在这里,我故意没有使用"丈夫的母亲""儿子的妻子"一类的中性表述(politically correct),而是用了"儿媳妇"这样的词。

媳妇和婆婆，她们是彼此的天敌。对于彼此来说，对方是自己地盘的闯入者。所以她们不可能处得好。

这种龃龉不单要她们本人承担，还要整个家庭来承受，这就是日本传统的结婚观。时至今日，我们依然能在某种程度上体会到这种感觉。女人的地位低，所以就要在家待着——这种想法至今依然存在。养育女孩子的文化和养育男孩子的文化之间仍旧存在不同。原本不该有什么差异，可这种差异却始终存在，且还未改正，真的很可悲。

这就是婚姻之中最遭罪的事了。直到现在，"我属于我自己"一直是我的人生主题。对于我来说，我的丈夫一开始只是个陌生人。但是不知从何时起，我已经习惯了和他一起生活，而且也找到了可以在他面前保持"我属于我自己"的生活方式。然而，当我在面对以婆婆为首的丈夫一家亲戚的时候，我总有一种自己被一路追到了角落里，很难再保持"我属于我自己"的信条去生活的感觉。

解决这一问题的办法很传统，但可能只有这么一个办法了——别想着改变别人，先改变自己吧。

想想你在盂兰盆节、新年、做法事、办喜事的时候遇见的那些亲人，你们会在抱怨中，会在不断流逝的岁月之中逐渐老去。有些人会死去，有些新人会加入进来。等老了,情绪平稳了,你们可能会变得更好相处了,也可能变得更顽固,更难相处了。无论是哪一种,人,还有人际关系,都是会变化的。虽然发生变化得花些时间,但这种变化能解决你的难题。

老家与生家

"老家和生家的区别是什么啊？"

〇 27 岁

丈夫出生的家叫生家。妻子出生的家叫老家。如果男性是养子，那他出生的那个家也叫老家。虽然这是正确的日语用法，但我其实对其中那种微妙的差异感到有些恼火。虽然有些恼火，但我想，内心之中某个很深的角落存在的那种恼火，正是促使我们发挥我们真正潜力的原因。

坟墓

> "妻子哭着说她以后不想葬进我家的墓地里。"
>
> ○ 33 岁

你妻子的这种态度很真实。其实我结婚的时候也是这么想的,将来绝对不要埋到丈夫家的祖坟里。不过,我在坚持原则之前已经离婚了,倒是省去了这种烦恼。不过解决这件事的办法有很多。比如,就别葬进祖坟,自己准备自己单独的墓地好了。又或者干脆别埋进墓里,直接把骨灰扬了算了。

你作为丈夫,该做的就是接受妻子的这种反抗。你要共情你的妻子,体会她的感受,比如体会她在婆家生活时的难受,她从自身立场出发所不能接受的事、感到束手束脚的事。这么多细节累积起来,才会让她一想到死后要被埋进这种地方,就抵触到大哭。

说到底,正常来看,你妻子葬进你家祖坟的时间还要等几十年呢。到那时,关于葬在哪里的问题可能要比现在变通得多。而且,到时候说不定你妻子已经和婆家相处得足够融洽了。

为丈夫善后

"我丈夫不懂得如何同他人协调。他的主治医师和他的亲戚都告诉我要好好照顾他。但是我又要帮他善后,又要育儿,真的已经快到极限了。"

〇 35 岁

我的态度会比较接近你的朋友、你的姐姐,甚至是你的姨母,你年长的友人。那么从这一立场出发,我的建议是,请你更珍惜你自己,和你丈夫离婚也不要紧。虽然能支持伴侣是件好事,但你也可以活出你自己的人生啊。

爱赌博的丈夫、酗酒的丈夫、家暴的丈夫、不会和他人打交道的丈夫、控制欲超强的丈夫,还有很多很多其他类型的丈夫。有的丈夫变成那副样子并非出于本意,有的丈夫是因为生了病,或者被自己病态的性格所控制。那么支持他们就成了妻子的义务——我想,别人和你自己可能都是这个看法吧?可是,倘若你来找我聊这件事,那我实在说不出"无论如何你都要陪伴他,虽然道路坎坷,但你也要加油走下去"一类的话,我也根本不想说这种话。

我会告诉你:我们每个人都有属于自己的路。你该走上一条能让你展露更多笑容,让你和伴侣过上平等生活的人生道路。

父亲的死

> "我丈夫患上抑郁症自杀了,我该怎么告诉孩子呢?"
>
> ○ 35 岁

不必向孩子隐瞒父亲的死因。孩子总有一天会明白的。隐瞒等于不愿意让他觉得这件事很不好。我们所有人都会抑郁。抑郁症是会导致一部分人走向自杀的病症。孩子的父亲并没有什么错。如果孩子现在太小了,还不晓得什么是自杀,不晓得爸爸经历了什么样的痛苦,不晓得妈妈有多么悲伤。那么现在可以用比较简单的说法,诚实地告诉他:你爸爸曾很努力地活着,但他生了病。有些人是会因为这种病症死掉的。但,这死亡也是拼命活着的结果。

婚外关系

> "我遇到了一个真正喜欢的人。但是对方也有家室，我这边也不想和丈夫离婚。就这么下去是不行的，对吗？"
>
> ○ 40 岁

问题主要在于，这种婚外关系持续下去的话可能会败露。一旦事情败露，你丈夫和对方的妻子就会有一种领地被侵犯了的感觉。嫉妒会产生醋意妒意，你们双方和自己的伴侣的关系都会变糟糕。

我想提醒你一点：不要对你的出轨的对象抱有太高的期待。要尊重对方的家人，同时要求对方尊重自己的家人。别总是做着甜甜的美梦，计划着以后总有一天两个人能一起去干点什么什么。可是话又说回来，到了这种地步，你们又为了什么保持这种关系呢？

女性朋友们

"有一天突然发现身边的朋友全都已婚已育了,每次见面净是讲小孩的事。只有我自己还是独身。"

〇 36 岁

和女性朋友的交往并非永恒不变。只有你们彼此追求的那种情绪和环境到位,才会产生友谊。生活、兴趣、环境如果产生了变化,你们就将不再合拍了,这是很自然的。即便你们现在关系断绝,但只要你们对彼此再度产生需求,友谊将被再度唤醒,那中间数十年的空白就好似从未出现过一样。

嫉妒的对象

"丈夫似乎正在和我的朋友交往。
我实在是无法原谅这个朋友。"

○ 30 岁

不知为何,女人的嫉妒往往不会针对丈夫和男人,而是会针对女性。六条御息所诅咒并杀死的也不是光源氏,而是葵上。美狄亚毒死的不是丈夫伊阿宋,而是他的婚配者(名字我忘了)。阿岩虽然最终把丈夫伊右卫门杀掉了,但是她在杀掉丈夫之前,先杀死了丈夫的出轨对象阿梅。嫉妒,是对自己的领域遭受侵犯产生的怒火。男人在雷区蹦来蹦去就可以睁一只眼闭一只眼,因为最重要的还是保证多子多孙。

但这只是猫或者貉一类动物的逻辑,我们不是猫也不是貉,你也要对你丈夫恼火、发怒,甚至闹离婚。

男性朋友们

"我想要一些(不会发生性关系的那种)男性朋友,但是总也找不到。"

〇 28 岁

我感觉你想达到这个目标可能还早了二三十年吧。不过现在很多男性似乎对性的需求都比较低,所以说不定能找到。请你天天努力寻找,不要懈怠。

父母的牵挂

> "我读高中的女儿说自己志在音乐，但是一点没努力。她把一切都想得太简单了，我很无奈。"
>
> ○ 40 岁

孩子虽然看上去像是很随意地说出这件事的，但其实很认真地考虑过。不过孩子们的人生经验太少了，所以想到的方法全是漏洞。人生经验不足的最明显体现，就是不清楚该做多大的努力才好，大多数孩子对这方面的估计都低得可怕。等他们真的碰壁了才会明白怎么突破这个问题。但我推荐家长可以多唠叨唠叨。从长远的角度来看，把家长真的很担心孩子的这段记忆好好地定格在孩子心里，这样也是为了孩子好。就请你拿出自信，按你自己的步调去唠叨吧。虽然孩子会嫌你烦，但你也不必气馁。不过，唠叨归唠叨，在某些事上也要酌情睁一只眼闭一只眼——这也是为人父母的小技巧哟。

面对自身、不再年轻的女性

- ○ 女性的模样
- ○ 美容院
- ○ 母亲与女儿
- ○ 妻子与丈夫
- ○ 妻子的自立与丈夫的自立
- ○ 女性朋友们
- ○ 性行为和女性
- ○ 写作"汉子",读作"女人"
- ○ 更年期障碍
- ○ 上年纪
- ○ 无常
- ○ 中年危机
- ○ 身心失衡
- ○ 运动
- ○ 空巢
- ○ 蛰居子女
- ○ 沉迷
- ○ 孙子
- ○ 绝经
- ○ 出轨

女性的模样

"照镜子的时候发现自己老了,不由得浑身发冷。"

○ 56 岁

"老年斑、皱纹、白发、脂肪。"

○ 54 岁

"我这阵子去买衣服,发现根本找不到合适的。"

○ 52 岁

关于更年期女性长肉的位置,其实是有一定的规律的。比如,会长到上臂、后肩上,还有后背、小肚子、腰上。当你发现了这些肥肉时,接下来闯进你眼帘的就是皱纹、白发、松弛的脖子、苍老的面容。

这时候,你会发现在自己时常光顾的店里买不到适合自己的衣服了。因为你的脸变老了,体形也发生了变化。

很早之前我就开始穿带松紧的那种衣服了。我对服装最大的要求是舒服、自由。

那么,据我观察,更年期的时髦穿着分为以下几种类型。

包袱皮型:把全身大范围松散地包裹起来。包含袈裟型、烹饪服型。

猛兽型:将强压之下的内在欲望全部释放出来的一种类型。

少女趣味型:轻飘飘的花朵图案,是女性永恒的梦想。

攻击型:压褶型职业服装是这一类型的代表。给人一种非常坚实可靠的印象,同时伴随很强的攻击性。

民族服装型:回归日式传统的那种也算这个类型,和传统民族风格略有不同的那种也算。

大地型:说到大地色服装,大家一般的印象是比较现代风的,不过带细小花纹的低调暗色也能算在这一类型中。

扮嫩型:这种类型基本仅限于能维持苗条身材的人。不过说实话,这样打扮的人会给别人一种不自然又很可怜的印象。毕竟已经不年轻了,再怎么说,身体的很多部位就是会长出赘肉的。

以上述这些类型为标准,再加一条"该不该花钱"的价格标准,诸位更年期女性的"自我风格"由此成立。

美容院

> "白头发太明显了,不知道该不该去染。"
>
> ○ 58 岁

我们家里的镜子有魔法。它有一个特点,就是常年照着我们的脸,它似乎只能显现出我们想看到的模样。但美容院的镜子却能非常真实地把我们当下的模样照出来。那面镜子里的自己简直不像自己,而是更像衰老的母亲。不,不对,那不是母亲——短暂的一秒钟内,你意识到了这一点。这简直太恐怖了,实在令我们大受打击。

好了,说回到头发。很多女性到了更年期就会把长发剪短,弄成那种宝冢男役的发型。在我探寻其中缘由的时候,常去的一家美容店的老师告诉我,烫卷发和把白发染黑,其实都伤头发。到了我们这个年纪,建议优先染发,别再烫发,靠剪短发来调整造型。但是据我观察,原因似乎没有这么简单。

留长发才是女性,才有女人味。可以说,长发是女人的武器。它和月经一样，令人厌恶，打理起来非常麻烦，洗的时候也很难干。运动的时候长发也很碍事。做爱的时候身体总是压到长发，动不动就要被扯痛，然后一通手忙脚乱，搞到最后都没了兴致。夏天留长发很热，去美容院又要花不少钱。再加上头发颜色是黑的，看上去莫名地显得很沉重。头发本体的重量也不容小觑，它对我们自身的存在、我们的体重、生活方式，都带来不必要的压力。可即便如此我们还是坚持留长它，因为长发是武器啊。

而如今，我们把它全剪了。它的颜色、它的存在本身都变轻盈了。随时能洗头，而且洗完立刻就干了。迄今为止一刻都未离开过我们的女人味，就这样和月经一起被我们向着某些地方——向着天空，向着社会，向着丈夫，扔掉了。那简直就是一种把"女人味"狠狠扔掉的舒爽感。

母亲与女儿

"一年没见母亲,她突然老了很多,我非常吃惊。"

〇 49 岁

"我本人单身,目前正在看护和我同住的母亲。"

〇 55 岁

"我母亲非常令人讨厌,即便如此我也还是必须照顾她是吗?"

〇 50 岁

有些女性会结婚,有些不结。有些女性会做母亲,有些不做。有些女性会怀孕,有的没怀。有些女性会选择母乳喂养,有的不会这样做。有的女性切除了乳房,有些女性的乳房干瘪下垂。什么样的女人都有,但是没有女人不是女儿。没有母亲不会衰老。所以,母亲和女儿的问题是我们所有女性都要面对的问题。

看护的基本原则只有一个,就是每个人有属于他们自己的看护方法。

每个人都有自己的衰老方式、生活方式、死亡方式。不同的孩子在面对不同的父母时,也会因为各家情况的不同,各有各的处理办法。也就是说,自己做不到,就不要做。不要被这个世界的价值观所强迫。

现在的父母可是很难死的。或者说,是死不了。因为不想死,所以拼命挣扎,拼命抓紧站在他们身边的我们,我们只好拖着他们往前走。有时我们会感到痛苦,有时我们又心生怜悯,有时会忍不住流下眼泪,这就是看护。

所以,我在此提议:在走到这一步之前,请尽量和父母分开。如果可以的话,尽量是物理层面的分开,也就是分开住。

虽不是现在,但大概四十年前,我曾经对父母非常恼火,我拼命顶撞、反抗他们,还被父母猛打耳光。等到了一定的年纪,我们就会觉得自己没法再和父母住一起了,父母也想让这家伙趁早滚出家里。这种体验只要有过一次,那么当父母老去的时候就比较好面对了。因为已经习惯了和父母保持一定的距离,所以当父母紧抓住自己的时候,就能干脆地划清分界线——到这条线为止,我们是一起前行的。接下来的路,就要自己走了。

所谓死亡，最终必然只能独自面对。

说到这儿，我还有个提议：不要自己承受这方面的压力，要面向外界寻求帮助。一个人衰老死亡的力量是那么强大，那不是一个孩子能够承担的。护工或护理老师等专业人士能够非常客观地面对衰老和死亡，同时他们也掌握着相关问题的一些解决方案。

父母爱着孩子，担心着孩子。因为太爱了，所以偶尔会显得暴虐；因为太担心了，所以会忍不住控制孩子。而如今，父母老了，紧抓着孩子，拼命地依靠着孩子。可是，在衰老的父母心中，他们觉得这样做也是在爱孩子，是作为父母的一种牵挂。

妻子与丈夫

"我们聊天根本聊不下去。"
○ 48 岁

"我已经彻底放弃他了。"
○ 56 岁

"我对他有一肚子的火气。"
○ 50 岁

"想跟他离婚。"
○ 57 岁

其实我很纠结。我既想要告诉你,一旦放弃,这场比赛就算彻底结束了,但同时我又想悄声说一句:其实放弃比较容易哟。

妻子的自立与丈夫的自立

"我想离开丈夫独当一面。我丈夫马上就要退休了。"

〇 58 岁

退休是个不错的节点。无论丈夫之前在家务方面有多无能，退休都是改变这种情况的一个契机。诀窍就是"不要可怜他"，还有"忍耐和宽容"这两点。

几年前，爱媛县保险协会展开过一个调查。研究结果表明，年老之后和丈夫同住，妻子的死亡风险会提高到独居时死亡风险的202%。而丈夫这边，与妻子同住者的死亡风险是没有和妻子同住者的46%。这是一个多么令人感到震惊的事实！之所以会这样，是因为丈夫什么事都要依赖妻子。而妻子只有做到自立，离开丈夫，才不会被这样依赖。而想要达成这种自立，丈夫首先需要在家务方面做到自立，不需要妻子帮助。为了让丈夫自立起来，妻子也必须尽全力支持才行。

聊到这儿，不得不提到一个有意思的事实。美国的料理类书籍和日本的料理类书籍之间存在很大区别。

日本的料理书在料理的做法上不太会用数字表述，大部分时候都是用一些惯用的说法来表现。但美国的料理书会把使用量、火的大小、要花多长时间等全部用数字表现出来。这并不是因为美国人的性格更严谨，而是因为美国社会之中混杂着各种各样的文化。虽然想做一道书中提到的料理，但大部分人连基本的共同味觉都没有。例如，墨西哥裔的人想做泰国料理，日本人想做意大利料理，这样的情况很多，编书者就只能先设想读书的人什么都不知道，再给出料理的指示。另一边，大多数阅读日本料理书的人都很熟悉木鱼花煮出来的味道和酱油的味道，所以在说明方面大多也是靠之前的经验，比较含糊不清。

对丈夫也是同理。就算他跟你是同一个国的，你也得当他是异文化者。给指示的时候必须从零开始事无巨细地讲。他们动作很慢，手上功夫差，做出来的饭还很难吃。但是绝不能因看不下眼而插嘴或者插手，这样妻子的寿命是要变短的。要坚守"不要可怜他"，以及"忍耐和宽容"这两大信条。

和丈夫交谈，就是妻子的自立。我在前面已经提过，最棘手的就是做饭了。不过洗衣和扫除也是同理。自己的东西自己负责，扫除和处理身边的事务也都该自己来。生活所需金钱的去向也都该自己好好打理。要带着一种两个人的生活随时可能变成一个人的生活的危机感去支持丈夫自立。同时,妻子则带着自己的目的,开始逐渐走出去,走到外面去。

女性朋友们

"我和读小学时的女性朋友们见面了。"

〇 58 岁

有人结婚,有人不结婚。有人有孩子,有人没有。有的人背井离乡,有的人始终在原地没走。有的人一直在工作,有的人放弃了工作。随便分分类就有这么多不同。要想细分,那多细都能分得出来。不过年近 60 岁,谁都不会再生孩子了。大家都是一个人。对性生活没什么想法了,也都投身于看护工作之中。能一起聊聊,一起笑笑,彼此理解,为彼此带来一丝微弱希望的,就是这些女性朋友。

性行为和女性

"绝经之后真的开始嫌性生活麻烦了。"

○ 56 岁

我在年纪临近 40 岁尾声的时候,那些大我七八岁的前辈告诉我:"等你过了更年期,你就觉得整个人都清爽了。"因为我那些前辈本身性格都蛮猛的,所以我也就听一半信一半。但等我到了她们说的那个年纪,绝了经,我真的觉得一身轻松了。不,倒不是说性欲完全消失了。但是之前一直纠缠我的那种心烦意乱的感觉变淡了,执着和妒意也消失了。从某种意义上讲,我整个人感觉特别棒,有种前所未有的放松感。我把自己的这种感觉也告诉了比我年纪小的女性,但她们听了好像不太相信。

写作"汉子",读作"女人"

> "我对很多事情都感到火大。核电站、政治家、社会局势、当今的年轻人、笨手笨脚的店员、吵闹的小孩、不知道管教孩子的家长,我想对所有这些大发牢骚,根本忍不住。"
>
> ○ 51 岁

> "我的女性朋友变成了一个性格顽固且糟糕的大妈,我好震惊。"
>
> ○ 53 岁

女性到了更年期之后,就会完全掌握"我属于我自己"的真谛,将之前的一切"耻辱"观念都摒弃掉。"耻辱"消失之后,她们不单能够分辨出恶和善的本质,还能明确地表述出来。于是,之前一直淡淡萦绕心中,但迟迟没有付诸实践的社会正义就能真正付诸实践了。所谓写作

"汉子",读作"女人",就是这样逐渐实现的。

不过,这儿同时也会出现汉子(女人)们容易摔跟头的陷阱。一步走错,她们就会执着于自己的立场和自己的思维方式,失去与他人共情的能力,变成心胸狭隘且刚愎自用的糟糕大妈。

年轻时的我们为了让自己从性生活、社会生活、家庭生活之中存活下来,是多么拼命地不断重复着"我属于我自己"。它会和"你属于你自己"关联起来。然后就是"他人属于他人自身"了。

更年期障碍

"更年期潮热太难受了。"

〇 51 岁

"我患上了更年期抑郁症……每天都过得很艰难。"

〇 46 岁

潮热,又叫潮红。这是一代代女性都经历过的情况。但当今这个时代的我们确实是特殊的。也就是说,我们正在经历一场地球规模的巨大体验,不晓得究竟是地球在经历潮热,还是我们在经历温室效应。

我对付潮热的办法就是吃西瓜。美国的西瓜没什么滋味,如果日本的西瓜甜度有十二三度的样子,那美国的西瓜就只有二三度吧,不甜,还没籽,非常方便食用。潮热一上来我就吃西瓜,一上来我就吃西瓜,直到最后这场地球规模的潮热逐渐冷却下去。

但是更年期的抑郁靠吃西瓜是解决不了的。我建议你尝试一下激素疗法。极其有效。过去的女人到了更年期就感觉自己老了，然后很快人生也就走到尽头了。现在的我们过了更年期还能再活几十年呢。反正也要活下去，我想不抑郁地活下去，想活出我自己的样子，想每天都过得充实。不过，激素疗法有可能会让罹患乳腺癌的风险增高，所以记住一定要定期检查身体。

上年纪

> "从多大年纪起会被人喊'老奶奶'呢?"
>
> ○ 65 岁

我受加利福尼亚那边的文化影响,总觉得日本这边判断女性年龄的方式有些怪怪的。日本女性上年纪的时间似乎很早。或者说,日本女性总会早早地就开始告诉自己"我上年纪了"。日本的年龄分类和局限很多,而日本女性似乎也比较倾向于唯唯诺诺地接受这些限制。

如果是在加利福尼亚,你把一个 60 来岁的女性当成上年纪的老人,那就做好准备吧,你可能没法活着回日本了。在加利福尼亚,50 来岁的女性属于中年人,60 来岁的也一样是中年人。70 来岁的健康女性算年长些的中年人。她们以中年人的身份参与社会,提升自我,玩耍游戏。过了 80 岁,逐渐感觉自己身上这里那里开始产生些"故障"了,她们才会逐渐有了"自己是上年纪的女人"的感觉。如果一直健康有精神,那就算 80 或 90 岁了,她们也依然只是"有精神的女性",和"上年纪"没什么关系。

　　加利福尼亚的天很蓝,日照时间长,环境比较干燥。这儿的文化也是一样,比较漫不经心,而且过于积极,欠缺一些复杂性和阴影。这片资本主义的土地强调弱肉强食,但他们强食得也太猛了。不过,对于女性来说这儿是个自由的地方,她们能在这里活出自己的样子。

无常

"我总感到空虚得不得了。"

○ 52 岁

把这种感情升华到一个宗教高度上挺好的。《般若心经》就是将这种感情总结进了宗教范围的经文。我觉得万事万物都不会在同一个地方、以同样的状态保持永恒不变。从这一瞬间到下一瞬间，风吹动，草木摇，水流淌……一切都在变化。就像人、狗、石头、蛋糕等，都不可能相同。就算是同样的感情，我觉得比起空虚这种表现，它更接近于感悟了人生的真谛。

那种空虚可能有些过剩，可能始终未从心中离去。这会让你的生活变得十分痛苦。让你找不到你自己的模样，怀疑自己得了抑郁症。激素紊乱或者甲状腺有问题都可能引发抑郁。去看看妇科、内分泌代谢科、心内科医生，或者做一下针灸，有很多解决方法。

中年危机

> "无论对家庭还是工作,我都感到迟疑,担心再这么下去究竟行不行……"
>
> ○ 38 岁

此时向前迈出一步,接下来的人生皆为焦土。

我听说一些青春期孩子因为无法向前迈出一步,于是选择蛰居,原因是他们的大脑中缺乏某种化学物质。但有时我会想,这种化学物质是不是在中年人脑子里含了太多呢?据我的观察,中年危机的出现甚至要比更年期来得更早些。

进入这种危机后你会发现,自己明明到了该去守护所得到的一切的年龄,但开始对家庭、对自己的工作、对这个社会、对伴侣、对性生活、对自己心怀不满,感觉很难冷静下来,同时又觉得不能再这么下去了,总忍不住想冲出某种禁锢。但又有很多东西需要自己守护,于是就会被那些乱七八糟的想法牵制着,感到非常苦恼。你会禁不住问：踏出那一步然后后悔，这样不是要比没踏出那一步然后后悔要好得多吗？就算人生化作焦土，也要在这片焦土上昂首阔步不是吗？不过，一般像这样带着冲动踏出一步的，大抵会后悔。

无论是走在焦土上，还是走在沃土上，你的更年期都在前面等着你。那里是一片比焦土更加荒凉，只有冷风呼啸的地方。但是，是把它当成不毛之地，还是当成一片开阔的乐园，就全看你自己的想法了。

身心失衡

"我被医生诊断为骨质疏松症。"

〇 65 岁

潮热和怕冷是有实感的,但骨质疏松症不一样,要不是突然骨折,我完全不会感觉到自己骨质疏松了。我也想掌握自己的血压情况、甲状腺、维生素缺乏的情况和血糖值等等,但是这些东西都是靠一些数字来显示的,没什么实感。所以我想,那咱们就多吃点小鱼,摄入一些奶制品,再吃点钙片补充一下钙质吧。同时还要通过运动好好锻炼身体的强度、柔韧性和平衡感。

"我查出了高血压和高血糖。"

〇 47 岁

岁数越来越大,中风、心脏疾病、肾脏疾病、糖尿病，卧床不起的晚年，或者必须接受透析的晚年等等问题也会变得越来越现实。我们的未来就全看我们当下如何保养身体了。

运动

"该选个什么运动开始动起来呢？"
〇 46 岁

经常有人问我这个问题。但我每次一边回答，一边会在心里产生一种淡淡的厌恶感。因为每次提到"运动"我都会想起自己中学时期的一些不愉快的过往。所以我一般会用"锻炼"这个词代替一下。

可能也是因为我以前是个小胖子吧，所以我特别讨厌运动。但长大之后我却变成了一个热爱运动的人。运动能帮我排解偶尔出现的身心危机，所以我对各种锻炼形式都有所了解。其中最推荐更年期女性选择的是尊巴。

跳尊巴要随着拉丁舞曲扭腰舞动。它的基本动作就是"转动腰部"和"锻炼肌肉"，然后再带上一种欢快愉悦的热闹庆典的气氛感。比起年轻女性，那些40、50、60来岁，甚至70来岁的女性似乎更喜欢这种锻炼，因为尊巴更能表现她们的独特性。

尊巴基本只有女性会跳，所以会有女性同伴们团结一致的连带感。而且跳一次能燃烧很多卡路里，扭腰的动作还能锻炼到盆底肌，通过凯格尔运动锻炼阴道周围的肌肉，有效预防高龄女性的巨大难题——漏尿。它还能锻炼我们身体的柔韧性和平衡性，预防平时生活中的突然摔倒。加之，虽然动作比较大，但是没有飞身蹦跳等动作，所以不会对膝盖造成太大负担。而且尊巴的气氛是那种对任何事都不强求的随意气氛，每个人都可以按照自身能力去舞动，不必勉强。也就是说，很少会遇到什么难以解决的技术问题。年轻女性跳尊巴可以选择激烈风格，高龄女性就选择比较徐缓的风格，大家按自己的步调去享受运动乐趣就好。

如果有人感到抵触，觉得一把年纪了还要扭腰什么的，有点接受不了，那就试试瑜伽或者普拉提。双脚完全贴紧地面站着（尊巴的话，脚是不完全着地的），努力打开自己的身体和内心的眼睛吧。

如果你家附近没有这一类的健身房，那就拿起计步表先走起来看看。流云、清风、鸣鸟，还有路旁的花朵，这些东西都能让人感受到深深的幸福。步行想走到哪儿就可以走到哪儿，同时还能观察到四季变幻。你还能从中体验到那种"无常"的感觉哟。

空 巢

"我们的独生子离开家独立了。妻子的情绪变得非常不稳定。"

〇 53 岁

其实,比较理想的方式是丈夫从此洗心革面,下决心和妻子白头偕老走下去。就算被嫌弃也尽量和她说话。和她一块儿出门,经常有些肢体接触,要有性生活,要把你们两人年轻时的关系找回来。一般丈夫听了会回答:这岂止是理想,这简直就是幻想。要真能这样就好了呢。不过,如果同样的苦恼是由妻子那一方来找我倾诉的话,我会劝她站起来,走出去,跳尊巴去。或者养条狗,养只猫,养些花花草草。不然就去追追电视或电影里的年轻男人吧。

蛰居子女

"我孩子一直在做'家里蹲'。"
〇 50 岁

根据我们一直以来的经验和先入为主的观念，孩子本来就应该自立并且离开这个家，独立生活。但是，恐怕只有很少数地区的很小一部分人会这么做吧。有些孩子会离开家，但有的孩子不会。有的孩子会变成熟，但有的孩子不会。无论是以何种形态生活，大家其实都活得比较随意，不是吗？我希望你也能这么想。

我总劝大家，在孩子青春期的时候，要好好关注他们，要坦率地和他们面对面。不要抵触，要引导孩子和自己多一些肢体接触。但这只适用于青春期。不过，孩子们的身心已经成长起来，并且很多年都维持着同一种状态的话，情况就大不一样了。

不过我依然认为，孩子无论多大，变成了什么样的成年人，他们都是希望能被父母夸奖的。

所以说，先别考虑以后的事，先别想着未来会怎样。

当然，也别跟孩子提这些，就用一种无论今天明天，只要能安安稳稳地生活下去就很好的情绪面对孩子就好了，不是吗？

和孩子一起安稳地生活，去接受你的孩子。我想，这就是你选择蛰居的孩子想要的东西，不是吗？

过去流传着座敷童子这样一种妖怪的传说。当时的人们认为，如果一个家庭中有座敷童子存在，就能保佑他们家繁荣。我一想到那些蛰居的孩子，突然觉得这桩民俗传说变得颇有真实感了。

沉迷

> "母亲沉迷 J 家 idol[1]，家里贴满了 idol 的海报。"
>
> ○ 23 岁

显然，你母亲是那种典型的易沉迷性格。在沉迷 J 家 idol 前她应该也沉迷过其他人吧？而且大多是一些年轻的男演员男歌手对吧？果真如此的话，那我认为你母亲对欲望的处理能力真的很强。她压抑住了对伴侣的操控欲（几乎没被满足过），对儿子的操纵欲（这边也几乎没被满足过）。而且她没有投身于酒精、药物、赌博，而是选择了 J 家 idol 这种不会造成什么实际伤害的东西去沉迷。看得出，你母亲是个脚踏实地的可靠的人。那么就随她去喜欢吧。其实，我家有段时间也是这样的，屋里贴满了冈田准一——年轻时候的冈田准一。大家知道我喜欢冈田，也会送我他的海报一类的周边，于是我开

---

[1] J 家 idol，指日本杰尼斯事务所旗下的艺人偶像。

始在办公的地方也贴起了冈田，搞得到处是他……我倒也没什么别的意思，但当时也招致了女儿们的厌恶。不过，我是真的别无他意。

孙子

"我的孙子好可爱。"
〇 59 岁

"子女拜托我照顾孙子。我觉得好累,也很抵触,但是又无法拒绝。"
〇 65 岁

我自己是"物尽其用"派的,所以会非常不客气地拼命让我的父母帮我干活。首先呢,我理所当然是跑回老家去生的孩子(我当时人在熊本,我爸妈在东京)。无数次我从熊本去东京工作的时候,就把小孩放到父母身边(因为参加的都是工作会议、朗读会一类的活动,对父母来说估计看上去像是在玩吧)。还曾经把我妈喊来熊本帮我看孩子,因为我自己要出国工作(在她看来依然像是跑出去玩了)。然后,生第二个孩子的时候把我妈喊来熊本帮忙。父母来熊本的时候我就特别自然地丧失了独立性,很多事都靠他们去做。去了加利福尼亚之后,每年夏天我都会领着孩子回老家,在爸妈家一待就是好久。这样拼命"用"他们,原因可不止在我一个人身上。我父母那边的态度也是"我们随时可以帮忙,你需要什么我们都帮你做"。父母希望能帮我,我又需要他们帮助。而我前夫妈妈去世得早,所以还是趁双亲都在的时候比较方便喽。

每次照顾外孙女我妈都会累得半死。她一向是个强势的人,经常会十分激烈地表达自己的想法,还会辱骂、大吼、固执己见。她脾气急、凶悍、胡搅蛮缠,所以一旦感到疲劳,她就会把那张阴沉的黑脸转向我。我就要承受她的辱骂、怒吼和胡搅蛮缠。于是我也明白了一点,就是和孙辈打交道,真的很累。

父母来熊本住下的时候,我和我前夫还完全没考虑过离婚的事。所以还是很方便的。之前孩子是被送去了保育园,外公外婆来了就送她去了附近的幼儿园。外公接她放学,外婆负责准备晚饭。他们陪宝宝玩到傍晚,教她读书写字。等我去接孩子的时候,外婆都准备好好几道菜了。我们有时候还会一起吃晚饭,还经常举办一些家庭活动。那段日子里,我总有一种又回到他们身边做他们女儿的感觉。

这种方便享受了几年,我和前夫离婚了。我父母很在乎我前夫,对他非常好。我们的生活也是在他们的帮助下才变得轻松了很多。但是,我父母组建的家庭其实是在逐渐侵蚀我和前夫组建的家庭，大部分时间里我的角色都是他们的女儿，我的丈夫则在其中丧失了自己的位置。虽说时至今日再想什么也没有用了，但我直到现在依然常常思考这个问题。

后来，我离了婚，搬去了加利福尼亚。到夏季我会回国和父母同住。因为父母两个人住的是三居室的房子，大夏天的，我领着三个孩子跑回去住，又挤又热，我妈会感到很有压力，于是就会和我发生摩擦，然后情绪爆炸，大骂"给我滚，别再回来了！"这样的话。那情景就好似回到了我青春期的时候一样。

自那之后我开始觉得：凡事尽量别让父母帮忙了。很多苦得小夫妇俩自己吃。曾经离开过父母家，就不该再回去了。孩子已经离巢，老夫妇俩就应该两个人过日子。

所以我现在有意不去参与女儿的家庭生活，也不太帮她，也是这个原因。（而且距离上次育儿相隔的年头太久了，再去照顾小宝宝对于我来说未免太麻烦了。）

绝经

"我感觉……自己快绝经了,想听你谈谈心得。"

○ 47 岁

在绝经前,月经会像突然拥有了个人意志一样,拼命地将残存的血量一口气全排出来。在和前辈们聊到月经的时候,她们都提到过那个身浸血海的经验,所以我猜这个情况应该还是蛮普遍的。轮到我的时候,果然也是这样。经血疯狂往外涌,就好像怎么舀都舀不干的泉水。我全身染透了鲜血,然后,就迎来了彻底的干涸。

出轨

> "我和出轨对象都有家室。最近他调职去了别的地方,我该怎么办?"
>
> ○ 43 岁

如果出轨的两人彼此都还没结婚,那可能会冒出一些类似"以后结婚,成为一家人,死也要死在一起"的鲁莽念头吧。有时候,一些人甚至还会把这些念头变为现实。这也可以说是恋爱促成的结局了。但是,对于两个不愿意破坏家庭和搞砸事业的 40 来岁的出轨男女来说,究竟还有什么样的未来呢?什么都没有。无论现在如何相爱,衰老了就不会再见了。一旦做不了爱,关系就消亡了。当然,死亡又是另一码事。对生和死负责,这是配偶的事。不过,撇开柴米油盐建立起的关系会带来一种浪漫的情绪,会让难以满足的每一天多些欢喜。这很重要,真的非常重要。但大多数 40 来岁的人会因生活所迫,一点点丧失掉这些欢喜。

会出轨，但不会破坏家庭——这个说法太狡猾了。但是，像我这种破罐子破摔的人暂且不提（不推荐我的行为），如果一个人追求体面的人生，但又总是拆散家庭，那这样的人生根本就不成立。总而言之，你现在什么都别做了，一边和他多多少少保持些联系，一边等待情绪逐渐稳定下来吧。等情绪稳定下来之后，再好好观察情况，看清形势，然后自己来决定接下来要怎么走好了。

衰老的女性

- 女性的模样
- 死法
- 母亲的头
- 生活方式不同
- 护工
- 妻子与丈夫
- 离婚
- 无法割舍
- 丧失宠物症候群
- 女性朋友们
- 宗教
- 夜晚的孤独
- 不好伺候
- 罹患阿尔茨海默病的父母
- 阿尔茨海默病有多恐怖
- 排泄
- 日托中心
- 母亲与女儿

女性的模样

> "到了我这个岁数,感觉打扮也没什么意义了。"
>
> 〇 77 岁

我 50 来岁的时候觉得化了妆就是妖怪,不化就会变成老太,所以拼了命把自己往妖怪上打扮。但事实上,老太要比妖怪更强大。

到了 60 来岁,我就不藏了。无论怎么涂抹,下颌线都会下垂,嘴巴两边也会往下垂,脖子上全是褶子。和我妈一模一样。每次照镜子我都忍不住想:这才真是来自母亲的终极之咒啊。还有手,手会变得干瘪、发黑。当年我妈到了这个岁数的时候的确是这样子的。之后又过了些年头,她就死了。因为我还记得那整个过程,所以也算悟了——这样一层一层涂抹掩饰的结果,别说能恢复青春了,连维持现状都不可能。想让自己看上去好似无事发生,怎么可能。所幸,我们国家的文化中有的是和老太有关的,我也不缺老太范本。

不再有喜悦的日子在我身上一层一层沉淀,我将成为一个百岁老妪,追求能乐[1]营造出来的那种气质——幽玄美。

---

[1] 能乐,日本传统艺术形式之一,是融音乐、舞蹈、戏剧为一体的舞台艺术。

死法

> "我希望自己健健康康，最后死得很痛快。"
>
> 〇 70 岁

活着的时候健健康康的，死的时候痛痛快快的，这是我们所有人的梦想。

我妈在 60 来岁的时候，也经常为了这个目标参加一些运动，每天走步。还会去那种保佑身体健康死得痛快的地藏菩萨那里参拜。但是，她渐渐地老去，身体逐渐衰弱，最后慢慢地不能动弹了，反反复复地倒下再被送去医院。在此期间，有一天她四肢突然麻痹，于是卧床不起，整整五年都躺在床上，一直住院直到去世。

我爸也是这样。老了，衰弱了，患了癌症，做了手术。逐渐地很多活动都不再参与了，然后没法走出门去了，一直在家里坐着。妻子住院五年，去世三年后，他在孤独、枯燥、无聊的笼罩之下迎来了死亡。

我妈生前是住在医院里,在护工和护士的围绕下生活着的。我爸则是独居。

说到生活习惯病,一般会想到心脏病和中风。我有时候觉得,父亲生活得孤独、无聊,从某种意义上讲也算是一种生活习惯病吧?什么都不做,被动地活着,养成这种生活习惯病的父亲,当初要是能过得更积极一些,他的老年生活应该会更不一样才对吧。

不过,我又转念一想:上了年纪可能就是那样的,没了干劲,沉郁着,逐渐衰弱。虽然从外表上看不出,但父亲的大脑说不定在逐渐干瘪下去,最终变得什么都做不了了。

父亲曾以他自己的方式,拼命地活出了自己的模样。这我明白。让一个已经在拼命活着的人"再努力一点",这是不可能的。父亲有他自己的生活,有他自己的生活方式。我只能这样告诉自己。

但是,我父母都没做到健康活,痛快死。他们都是久染沉疴离世的。我也体验了看护的苦,也伺候过他们大小便,在他人(护工、护理老师)的支持下,一直陪他们走到了最后。见证了人的从生到死。那是一段前所未有的充实体验。小时候,我坐在父亲膝头,他陪我说话,为我读书。从那个时刻,再到握着死去父亲的手,这两个时间段中的我连接到了一起。就这样,一段美好的时光落幕了。

对于死去的人来说，是痛快死去，还是久染沉疴而死，死都只是死而已。死亡不分好坏，这是我在陪伴双亲到最后一刻时得到的感想。

母亲的头

> "一直卧病在床的母亲在医院把头发剃短了。看上去真的很不像样子。"
>
> ○ 54 岁

我妈当年也剪了头发。她生前一向是个爱干净的体面人，所以我很难习惯她卧病在床，头发剃短的样子。于是我就提议请之前常去的美容院的老师上门来帮她剪个头发。结果被她当场拒绝了，她说："算了，不需要了。"

她说得十分干脆爽快。

那时候，母亲的眉毛里长出了几根特别长的毛发，下巴上也生出好几根很粗的毛发，上唇也长出了胡子。我特别在意这些，每次看到都会帮她剃掉。但我妈却说："上了年纪就变得像个男人似的。你也别弄了，我没在意这些。"所以，接受不了这一切的其实是她的女儿我，因为我心里记着的始终是"过去的母亲"。而我妈早就先我一步，认识到自己已经步入了老朽的生命。

后来，她四肢麻痹的情况逐日加重，最后甚至无法自己去厕所了。当时，面对只能靠人看护才能生活的状态，她也是十分干脆地接受了现实。（不过，她虽然很快就习惯了排泄方面需要人帮助，但却花费很久才接受自己已经再也治不好了的情况。）

我也帮我妈弄过几次大小便，在自己女儿面前，她也是大大方方地撒尿拉屎。以前我妈明明还说过："什么时候自己没法上厕所了，日子就过到头了。"做不到就接受现状——她就这样干脆利落地修正了自己的生活轨道。也就是说，人类最终极的本质就是：不管怎样都能活下去。我对此也深感钦佩。

生活方式不同

"我把母亲送进了看护机构，亲戚对我的行为指指点点。"

〇 50 岁

眼下，我们正处于两种生活方式互相冲突的过渡期。

一种生活方式是，人是独立个体，他可以自由地离开家庭，离开生养自己的土地，去任何想去的地方。还有一种生活方式是，人属于家庭，要留在生养自己的土地上过一辈子，要在家人陪伴下老去，死去。

如果一直是按照二者中的一种生活着，那事情就简单了。走出去生活之后，老了即便没有孩子，也能比较坦率地接受现状。你周围的人也不会有什么异议。而如果一直没有离开过生养自己的土地，子女也没有离开，等父母老了也就自然而然地能够陪伴其左右了。

但是，眼下这两种生活方式完全搅和在了一起。我们会去外地上学，在外地找工作，和外地人婚恋，组成家庭。大家都觉得这样很自然。可是一提到死亡和看护，大家的态度却又出现翻天覆地的变化。无论我们自己、老人，还是周围的人，都觉得理所当然要回老家，理所当然要陪在父母身边。把父母送进机构就好似送进了弃老山，简直就是去送死啊——这种压力随之而来。

没办法。既然生在我们这个年代，那就要做好心理准备：这两种生活方式无论选择了哪一种，都有可能遭受粉身碎骨的境遇。

到了我们快死的时候，大家可能会变得更自由了，也学会了更自由的生活方式，会变得能够接受现实了，变得能够接受独居或者孤独死去了。哪怕是为了让我们子女这一代人别再受我们当年的苦，我也希望未来能更自由。

记得有一次，我父母的主治大夫这样对我说：

"比吕美老师，人的死亡，有时候是不会被注意到的。住进这所医院的很多患者都是在护士们没注意到的时候，默默死去的。"

亲戚不过是一群外人罢了，无视他们吧。

护工

> "我母亲不愿意让护工进家门。"
>
> ○ 52 岁

母亲的抵抗有时候确实有点不讲道理（明明一切都是为了她好啊），这种事时常发生，所以我就讲讲办法，讲讲建议吧。

要用欢迎客人的方式迎接护工来家。慢慢来，多花些时间，就像送孩子去保育园的时候让孩子有一段适应的时间一样。让母亲负责招待。泡茶，端点心，负责陪伴客人。让护工也用一种做客的心态，和母亲慢悠悠地聊聊天。然后，请护工稍微帮忙做一点点家务。记得这里面有一点最重要，那就是你这个女儿的决心，一定要请护工的决心。在请护工的这段时期，其他所有事都可以让步，但只有请护工这一件事，无论如何都不能退让。你要把自己绝不退让的态度、坚定不移的信念展示给父母，这一点非常重要。

我妈就是这样一点点习惯了护工的。一旦习惯，很快他们之间就能建立起信任感。当时她和我爸也正处在老夫妇互相看不惯对方,整日争吵的时期,所以正缺一个陪她说话的人。这名护工很专业,能够很好地照顾她的日常生活,尊重她,维持了人和人之间刚刚好的那种距离感,让人非常放心。

从这一层意义上讲,我也非常建议你通过正规中介,去找一位接受过专业训练的职业护工。

妻子与丈夫

"对方说什么我都觉得很烦。"

○ 63 岁

"和他根本聊不下去,一聊就火大。"

○ 76 岁

夫妻的关系就是这么变紧张的。这就是我前面提到过的"进入老龄期的争吵"。其中一个比较常见的原因是:听力。

动不动就"啊?""你说啥?",虽然知道是年老耳背,但也很容易让人产生一种"你不是耳背,你是故意的吧,就是不想听我说话是吧?"的感觉。说了"是×××啦",结果对方没听到,那就再重复一遍"是×××啦"就好了,但却总忍不住话里带刺地回一句:"不是说了是×××吗?"这样对方就会有一种被否定了的感觉,于是生起气来了。但这一切其实只是误解而已。

在妻子和丈夫的关系中，很容易产生对方在从本质上否定自己的猜忌心。所以基本操作就是要多交流，要面对面相处。不只是对话，还有饮食、性生活、生活的共享，这些都需要交流。缺乏交流就会出现火药味。然而，人逐渐老去，生活从整体层面上看都缺乏刺激，所以只要不是一些让日子过不下去的不满，比如对伴侣诉诸暴力，或者对其人格进行否定的话，那感受到这种火药味，也不失为一种难得的刺激了。

就带着丈夫好讨厌、丈夫令人厌烦的情绪活下去吧。在家里基本不说话，这可太孤独了。五六十岁的女性在社会上、人际关系上大多也都比较充实了，所以会三不五时跑出去。而丈夫在家里基本没什么存在感。他就是个参与了性生活、争吵、生孩子、做饭、吃饭、再吵架等一系列活动的人。以前就有一种说法，"老夫妇在生活之中都当对方是空气"。反应过来的时候，身边就坐着一个老掉牙的丈夫，变得像空气一样若有似无地枯坐着。因为耳背，彼此连话也不怎么说了。

不过，一般丈夫都死得比妻子早。到那时，妻子会发现之前自认为的孤独，其实并不是孤独，而是一种刺激。它和真正的孤独完全不属于同一个程度。真正的孤独，会张着犹如黑洞的大嘴等着我们……好多女性都是这样告诉我的。

离婚

> "我80岁，丈夫90岁。在这六十年的婚姻中，我一直在忍耐。现在我实在不想忍了，我想离婚，活出自己的样子，最后住到养老院里去。"
>
> 〇 80岁

非常遗憾地建议你，比起离婚分财产，显然是等到对方死了继承他的财产更合理。退休金就算分割也分不了多少，但调解、裁判、离婚这条路是要直面很多迷惑与难题的，它会令人感到空虚、悲伤、痛苦。

既然你忍不下去了，那我建议你现在就住到养老院里吧。很多夫妇就算关系没有很差，也得住到不同的养老院里。就算在同一家养老院，也得住不同房间。正好可以利用一下这个制度。

住进养老院之后，给自己改个名字吧。就算是只改称呼也好，比如换回自己以前的姓氏。这样在别人喊到自己的时候，会有种超级爽的感觉。

无法割舍

> "我扔不了东西。看新闻的时候看到那些被垃圾塞满的屋子,我会非常感同身受。"
>
> ○ 65 岁

我经常会想,如果斩断留恋,把东西都扔掉,忘掉,这样的日子该有多快活啊。可是,无法斩断、无法抛弃,也忘不掉,就那么拖着所有这一切活到现在的,就是我了。

我常年生活在海外,体会到了一个事实:西方家庭一般会把家里整理得秩序井然,不摆什么东西。那些用不到的,他们会收纳进车库和地下室里。而且他们的车库和地下室比日本人的客厅还整齐。尤其是德国和一些北欧国家的家庭。他们的住宅简直都像茶室一样。再看日本人的家,往往都比较杂乱无章。日本文化明明标榜的是"侘寂",但生活的地方却很乱,东西都摆在外头,稍微有个空立即就会被占上。无论是抽屉上、电视上,还是餐桌上，都摆着东西。日本人很爱说"扔了好可惜"这句话，总想着不知道什么时候可能会用得上。所以那些用不上的东西，就如别人给的伴手礼一类的，他们都不会扔。我常年生活在欧美国家，伴侣也是外国人，但在日本文化之中出生长大的女性都会这样。虽然存在程度上的不同，但我就是那样子，我们日本女性就是那样子的。

人总有一天会死，人要一直生活到死为止。这是人生的基本，可不仅限于女人。

我爸死的时候，我请清扫公司的人打扫了他的家，把他的东西都处理掉了。曾有人活在这个房子里，生活在这里。所有沾染了这个人回忆的东西，我都干干净净地处理掉了。做了这些，世界还是老样子，并没有任何改变。

我这充斥着不需要的东西的生活，还有这些垃圾本身，它们都会在我死的时候统统消失。想到这儿，我明白了，总有一天我会死。到那时，无论是无法松开手，还是不愿松开手，一切都已终结。

丧失宠物症候群

> "养了十五年的狗狗去世了，我内心的虚无感强烈得无法自控。"
>
> ○ 60 岁

以前我妈经常说："我不想养猫养狗，因为它们会死。"我家养的小狗小猫本来都该我照顾的，但照顾孩子的生活很忙碌，在喂养猫狗方面多少会有些疏忽，于是无论是喂饭，还是宠物死亡时的善后，都是我妈做的。可能也是为此感到愧疚吧，一边听我妈这样讲，我一边心里想：养一只寿命短暂的小狗小猫竟然这么让人伤心啊。不过，这阵子又经历了很多事，现在我的想法已经变了。我觉得："小狗小猫赶在我们之前完成了生老病死，它们那包含生与死在内的全部生命，都托付给我们来处理，这是多么好的一件事啊。"

女性朋友们

"我的朋友快死了。我不知道能为她做点什么。"

〇 70 岁

听她说话吧,只有朋友才能做到这一点。拉着她的手,静静地听她讲话吧。

宗教

"我母亲开始拜起观音菩萨了,但我家信的是净土真宗。"

○ 58 岁

"人死后会如何?"

○ 67 岁

"我对女儿说,自己不想被埋进墓里。"

○ 75 岁

我们一想到人死了一切意识都会消亡,就感到害怕;又想到死时会觉得很疼、很痛苦,就越发害怕;再想到我们都将独自去承受这些痛苦,那就更加害怕了。所以大家会萌生出一种想法:人就算死了意识也不会消散,意识可以去往别的世界;死时会有什么人从另一个世界过来接自己离开。

有些宗教是在追求精神的高度，但绝大多数老百姓，包括我父母，都是像前面我说的那样先想到了死亡，随之形成了大众宗教的开端。至少，全程目睹了双亲死亡的我是这么想的。

不会感到恐惧的人维持原样就好，如果有人感到恐惧，那就通过宗教来告诉他们，怎么做才能不害怕吧。

净土宗开山祖法然曾说："人死如发断。"根据我的观察，人死时是这样的：先大大喘一口气，接着，再喘一口，当你以为他还会再喘一口的时候，就不再有后续了。在第二次喘息和第三次喘息之间，人跨过死的边界。死亡就这样来临了。

夜晚的孤独

> "晚上睡不着觉,所以要吃助眠的药。但是这样的话早上又起不来床。"
>
> ○ 78 岁

干脆下定决心,去过那种昼夜颠倒的生活如何呢?

NHK(日本广播协会)有一档节目叫作《深夜收音机》,播放一整晚,也很适合高龄人士。还可以先录下一些节目晚上看,或者看看DVD。如果能上网,那一整晚在网上冲浪也没问题。要是觉得有一点饿,其实完全可以深夜去便利店买点吃的(虽然有些人会担心被误认成深夜在外徘徊的老人,所以不愿意这样做)。但是老年人本身也不需要像年轻人那样一大早爬起来去上班,所以尽情享受昼夜颠倒的生活也蛮好的呀。我年轻那会儿经常想,要不是这个床非起不可,那我肯定还想再多睡会儿。但是,我这样建议我爸的时候,哪怕我说破嘴,我独居的爸爸一到晚上睡不着时依然要吃助眠药,还睡不着,就再加药量。结果早上起床之后整个人都晃晃荡荡、迷迷瞪瞪的，一整个上午都过得很恍惚。他就这么一天天地过着日子，也不怎么爱动弹，也不晒太阳，一整天不耗任何体力，毫不疲劳，所以到晚上又睡不着……

人从会"黄昏闹"的婴儿时期，就能体会到日暮时分的凄凉，凄凉到婴儿都难以平息哭闹。或许，是夜晚有着一种根本性的孤独感，一种必须入眠才能熬过去的感觉，它深深印刻在人类的记忆之中，促使人类去遵循这种本能吧。又或许，死亡本身就和夜晚相似，属于一种极致的孤独。

不好伺候

"父亲很不好伺候,我特别苦恼。"
〇 64 岁

如果对象是你的伴侣,你可以因为心里烦闷和他吵一架,给生活来点刺激,这应该是最好的方法。可如果是父亲,那就只能别去招惹他了。我觉得这是作为女儿能忍耐的极限。硬着头皮捧他、哄他也不是回事,就干脆把他摆一边别招惹他,等着他自己接受现实吧。

上年纪的人难伺候,这属于他们的一种原始形态。等时机成熟,那种晦暗难搞的黑气就会从他们身体里喷涌出来。

老年人的这种难搞,和青春期孩子那种爆发性的难搞,以及更年期的那种凡事都带攻击性的难搞还不太一样。

那感觉,就好似一个男性某一天突然发觉自己是那么无力,发现自己对社会、对家庭都没有任何意义和影响力的感觉。没错,就是那样一种"不好伺候"。

罹患阿尔茨海默病的父母

> "我和患阿尔茨海默病的母亲一起住了六年。我每天都忍不住想：她要能早点死了就好了。"
>
> ○ 56 岁

我能想象得到，你每天的日子都过得很紧绷。

最近，我从关系很好的护士那儿听到了一个很有意思的事情。听说做护士，存在一个合适和不合适的判断。不合适做这行的人就算做了也会马上辞职。那么，什么样的人才算不合适呢？就是不愿意照顾人的那种人。我总以为这种人从一开始就不会想着去当护士，但事实并非如此。这位经验老到的护士告诉我，有些人会觉得自己应该做得了，于是成了护士，结果当上护士了才发现自己做不了这行。我想，所谓合适不合适，就是结合自身经验、友人经验或其他人的经验之后得出的一个结论。合适，就能做，不合适，就做不了。很简单，但也很真实。

在家照顾患有阿尔茨海默病的母亲，想想就觉得压力很大。但即便如此，可能也有些人是非常适合做这个的。但反过来再一想，那些本来不适合的人，是不是一开始也以为自己能做到呢？

不单是在家照顾阿尔茨海默病病人，其实和年迈的父母同住，也会因为需要照顾他们，而去拜托别人，或者辞掉工作，又或者先把自己的生活扔到一边……还有那种老年人互相照顾彼此的情况，对于做不到这些的那类人来说，可能竭尽全力也做不到。对于做得到的人来说，轻轻松松就能做到。

你或许会觉得不甘心，但我想，这一切真的就只是合适或不合适的区别吧。所以，如果你做不到，就告诉自己，我真的只是不适合做这些，然后放弃就好了。

在家照顾老人的原因有很多。但是心里总想着让父母快死，这可不是小事。

说点场面话吧，父母使人怀恋，也令人厌烦，他们会关心我们到让我们感到厌烦的程度。小时候，我们依赖他们，对他们撒娇。如今，他们老了，反过来开始依靠我们，变成了我们很重的包袱。在他们心里，你遇到困难的时候，他们甚至依然想着要帮你，但他们的女儿已经痛苦到盼着他们去死了。

请你自己先意识到这种痛苦，认识到自己的确不适合做看护的工作。因为不合适，所以会觉得烦躁、会忍不住盼着父母去世（当然，你会心存愧疚），也都是理所当然的。

选择在家照顾老人的理由多种多样，有家庭、经济、社会等方面的原因。以上每一个问题都很沉重，所以不可能马上就找到出路。不过即便如此，只要明白自己不适合做这件事，就能下定决心，去努力寻找别的方法。如此一来，你追寻的那个方向或许就能一点点地看到希望的曙光了。

阿尔茨海默病有多恐怖

"我每天都深陷恐惧,担心自己会得阿尔茨海默病。"

○ 70 岁

"一不留神犯了错就被周围人怀疑是得了阿尔茨海默病,我感到很恼火。"

○ 75 岁

我认为,我们之所以那么害怕得阿尔茨海默病,主要可能是因为我们担心自己转瞬就变成那样。

如果把得了阿尔茨海默病的人仅仅当成上了岁数的人看待的话,那他们和青壮年相比,创造的产出可能只有 70%,不,20%,不不,5% 吧。无论多么有精神,也极少有人保证像过去那样维持 100% 的输出状态。上了岁数,人会开始忘事、视力低下,开始无法注意到一些细节。光是过自己的生活就要投入全部的精力,在大部分老年人心中，除了自己，别的一切都无所谓。就连过去曾感到羞耻的事情，也逐渐不再觉得羞耻了。

所以啊，诸君，就请从容面对吧。迎上去，活下去，活到最后一秒，死去。

走近死亡是令人恐惧的。也正因如此，所以我也不由得会想：乍看之下会造成许多不便的那些老化的症状，包括阿尔茨海默病，或许都是我们保护自己的方式之一吧。

排泄

> "我很讨厌去伺候婆婆大小便。我这样是不是太冷漠了?"
>
> ○ 51 岁

你这样很正常啊。大便很臭,又很脏,谁想去碰呢?而且那么臭的味道,也没人想闻啊。小婴儿的大便收拾起来就不会产生任何抵触感,成年人的便溺收拾起来却让人这么痛苦,这是因为我们和对象之间的距离感不同导致的吧。

首先,我建议你把这件事交给专业人士(护工)来做。如果做不到,那就把关注点从大便上挪开。比如,拼命磨炼自己换尿布的技术,把重点放在如何能快速又准确地替换好尿布上。这样你的情绪就不会只集中在厌恶上了,甚至还会得到一些成就感。

排泄,就是活着的核心活动。要吃才能活命,有吃就有拉,然后拉出来的大便很臭——再也没有比这更理所当然的循环了。

我曾帮父母收拾过几次大小便，我很庆幸自己做了这件事（当然，我也很庆幸不用一直都由自己来做），也是因为做了这些，我明白自己已经尽力了。

我也帮狗狗收拾过大小便。这个我做了很多很多次。

我家的狗狗是只德牧。它生命最后的几个月完全大小便失禁了，又臭又脏，和人类一样。我会认认真真地帮它收拾。在我心里，它的每一块粪便，似乎都是生命在大声强调"我还活着""我还活着"。我在狗狗去世的时候想到，它其实是给了我一个机会，让我去为它做了一件非常非常重要的事。那之后，曾经满是臭味的家，一点点没了它的气味。

日托中心

> "母亲不愿意去日托中心,她自尊心一向很高。"
>
> ○ 58 岁

哎呀,要是日托中心不是现在这样,老人一上年纪就得住进去,甚至被送进去,而是改一个旨在让人继续学习的"成人学校"一类的名称就好了。就好像到了6岁大家都去上小学一样,到了60岁,大家就都去这个"成人学校"报到,就像接受义务教育一样,不想去也得去。一开始可以每周只去一次,选一些比较有趣的课程。比如"摇滚史""世界文学概论""新型免疫学"一类的。还有"将棋技巧""实践料理练习",或者"新娘理论""让人动起来的心理学",等等。随后引入一些会略让人感到郁闷的内容。比如"文学中的宗教""往生论""独居的营养学""死亡医学""缓解疗愈所需汉方",或者"不必害怕阿尔茨海默病""不可思议的糖尿病"等。然后再进一步,学习"和墓地相关的种种""我挑选的经文"等,根据年龄进程，教学课程也随之变化，最终转向"折纸讲座"或"一起唱起来吧，小学歌曲"等现行的日托中心课程之中。这样一来，就算是自尊再高应该也不会抵触了。

母亲与女儿

"我送走了母亲。真的非常后悔,我为什么没在她生前再多亲手照顾照顾她呢?"

○ 61 岁

都会后悔的,无论多么尽力照顾,也还是会后悔的。如果你自己都觉得自己完成得很好,那就说明事情做过头了。我前面就提到过,要"粗暴""没谱""吊儿郎当",它们在看护工作中一样是不可或缺的存在。理由很简单,因为比起双亲,孩子更重要。

我一直很受父母溺爱。我也一直觉得,父母抚养孩子,就会为了孩子付出一切。真的。

即便父母老了,身体衰弱了,需要我来照顾了,但在他们心里,最大的愿望还是我能幸福。所以他们不要求我勉强自己,不要求我去尝试那些做不到的事,会让我优先照料自己的家庭。

事实上又怎样呢?我爸其实很想让我把美国那边的一

切都扔下,赶回日本。但是他又没法直接开口说"给我回来",为了女儿,硬着头皮也要忍住。

不过呢,虽然我是个过分的女儿,但我这些想法也是父母给的,我的人格之所以成立,也是因为拥有被父母爱着的自信。

但是,我妈那边却不太平。我们的关系,或许也是我写这本书的原动力之一。我总能感受到来自母亲的各种咒。我从不怀疑母亲对我的爱。用英语说就是"love"吧。但是,咒也是没少加。到最后她衰老了,老到甚至连加咒的事情都已经忘了。可对于我来说,我人生一段时期的主题就是摆脱她的这些咒,所以我从来没有忘记过。

我妈在医院卧床不起的那五年间,天天都等着我回去。我每次回去,就会带一堆吃的进病房。一定要她每样尽量尝一口。我甚至会把啤酒和鱿鱼干带进病房(我会放进水瓶里,瞒过护士)。然后,我就开始大谈特谈起我爸、我女儿们、我伴侣的事。我想让她担心我,想把她的注意力转到一些琐事上去。但说出这些话的我,其实才是被拯救的那一方。

在我妈过世前不久,她突然对我说:"有你在,我好开心。"

啊,那一瞬间,她对我的咒解开了。

母亲总是想去侵占女儿的存在,母亲越是珍惜这个女儿,越是会去向她加咒,侵占她的人格。这是宿命。女儿就是这样背负着咒,九死一生地逃出了母亲这个女巫所在的森林。就那样在外面度过了数十年。而最后的最后,女巫回忆起了解咒的话语,解除了咒,随后撒手人寰。

我虽然自认为始终贯彻了"我属于我自己"的宗旨,但当咒被解除时,不知是不是心理作用,我总感觉天空的颜色都变了,变得湛蓝澄澈。

仔细想来,我自己也有母亲的身份。只要是母亲,我的存在对于女儿来说就是会带来伤害的,就是咒。那我的女儿们也吃了相当多的苦吧。但是,只要是母亲,就会想去无条件地接纳女儿的一切,而这份心意,一定就能解咒。我也要学习我母亲,在死前把笼罩在女儿们身上的咒都一一解除掉才行。我现在想的是:弥留之际,我该说些什么呢?

某个女人的一生

1955年：出生于东京板桥。我在小规模外包工厂地区的小巷里度过了美好的幼年时期。

1960年：进入私立幼儿园，接受第一年保育。就读铃兰班。我当时既讨厌幼儿园，又讨厌幼儿园的老师。我特别不擅长折纸，还讨厌喝牛奶、吃鱼肝油。和邻居家的男孩A关系很好。

1962年：入学区立小学。A被他的男生朋友欺负，他们说他"天天净和女生玩"，所以他再也不和我玩了。我开始在附近的书法教室上课。作品第一次被登在书法会报上的时候，被评价为"像大象写的一样"。两年后，我亲眼看到日本为了备战奥运会，开始不停地拆毁、新建、重建各种建筑。

1964年：东京奥运会在这一年召开。我就是在这段时间变成了个小胖子，得到了"胖墩比吕美"和"三年小胖"的外号。我的动作开始变得迟钝，开始极端依赖起了读漫画，后来就被父母禁止读漫画了。在朋友家、在学校，只要有漫画的地方，我都会一头扎进书里。当时特别打动我的有千叶彻弥的作品《紫电改之鹰》和《小雪的太阳》。电视上播放《铁臂阿童木》的时候我也拼命地追着看。但换台大权掌握在我爸手里，所以后来都演了什么我基本没印象了。我开始学习风琴，但是特别讨厌练这个乐器，于是立刻放弃并转班去了隔壁的绘画班，画画我还是非常喜欢的。

1965年：这阵子我读到了石森章太郎的《人造人009》，还读到了《漫画家入门》。当时我特别爱看石森章太郎和水野英子的作品，而且沉溺于画画。每天都在幻想地球突然崩塌，学校被炸了，亲人死绝，只剩下几个人……我设想了地球崩塌之际，一个真正的、瘦瘦的自己突然从现在的皮囊里蹦出来的桥段。

1966年：我小学四、五年级的班主任是清水老师。我永远忘不了这个老师。校医告诉我爸妈："你家孩子现在属于肥胖儿，得减肥了。"于是爸妈开始用饮食疗法，还让我出去玩，锻炼身体。很快我的肥胖问题就解决了，变成了普通体形。跑步接二连三超过其他同学的时候，我自己也吃了一惊。我虽然讨厌体育，但是运动神经不差，能翻单杠，也很爱跳箱子和一些体操垫上的运动，而且游泳速度也比大部分男生都快。在外面玩的时候，我是领头玩打仗游戏的，还爱玩踢罐子。我会混在男生堆里和他们一起玩。但之前胖的时候，我和女孩子一起玩跳绳会被欺负，所以基本选择敬而远之。六年级暑假前迎来初潮。小学期间，除了漫画，我还读了《西顿动物故事》，得到过一本《法布尔昆虫记》，但是我对昆虫实在没兴趣。读了《玛丽·波平斯》《绿山墙的安妮》；《少年世界文学全集》……其中有《奇幻森林》；《阿尔卑斯山的少女海蒂》《太阁记》《义经记》《古事记》。还有小孩子读的植物图鉴和动物图鉴。还有《杜立德医生在非洲》，这本书是我爸读给我听的，至今记忆犹新。我爸曾经是印刷工人，他会出于个人兴趣把一些打样稿带回家，于是我就成了当时日本最早读到《我爸爸的小飞龙》的孩子。后来书正式出版之后，我爸也给我买了实体书。还有一本《世界原色百科事典》，我也一字不落地读了。在书里还有"性交""妊娠"一类的词条，我翻来覆去地读着，不想把书摸脏，但又忍不住想读。

1968年：就读区立中学一年级。入学典礼当天，我穿着制服走进中学校园的一瞬间，就知道自己将在这里度过极度不快乐的一段时间。那时候我进了游泳部，一天到晚游自由泳。装束方面一点不在乎，爱啃指甲，爱画圆体字，偏爱写片假名。读中学之后零花钱拿得比以前多了，于是就用零花钱买了《人造人009》的单行本。之后就开始沉迷石森章太郎。

中学二年级，冲田老师负责我们社会科的课程。矢田老师负责国语。这两个人给我带来了很大影响。矢田老师教了我们古典图书的阅读方法；还给我们发了不少没写在教科书上的古典著作的资料；还让我们从这些内容里选两部分译成现代语，告诉我们看不懂的话随便读读就好。我选了《兰学事始》和《奥州细道》来读，这两本书都成为我人生的基础。冲田老师还教育我们身为女性应该如何生活。大扫除的时候，她蹲着擦地板（当时穿着超短裙），好几个女生叽叽喳喳地说："看到了看到了……"于是冲田老师训斥道："怎么了？给人看到了又不会少块肉。"并且她还一边蹲着，一边叉开腿。我当时感动极了，觉得做女人就该这样。

中学三年级，我做了班上的委员长。打破了当时委员长必须是男生，副委员长是女生的惯例。那年暑假，我等牙医看诊的时候读了《罪与罚》，感觉自己代入了拉斯柯尔尼科夫这个角色，但是当时我好像单纯把《罪与罚》当成恋爱小说读了。我还把我爸书架上的《芥川龙之介全集》《岛崎藤村全集》都读完了。我当时的校内评分很差，但考试不错。那时候我单恋一个男生，但是整整三年间都是单相思。后来有别人跟我告白，我就答应了。我们还

"约会"过几次，但因为太紧张，都没怎么说话，当时就觉得谈恋爱好无聊啊。

1971年：入学都立竹早高中。当时"全共斗"和"嬉皮士"文化余色尚浓，还处在三无主义时代，学校从几年前就如火如荼的学生运动席卷我们的生活。当时，老师和学生之间毫无距离感，可以说是真正自由的一段时期，简直像被放逐在荒原之上一般。我虽然也买了制服，但马上换回了私服，套上牛仔裤，就那么过了三年。很多学生在学校也不换室内鞋，我经常趿拉着进厕所用的拖鞋走来走去。我很喜欢和大几岁的那一代（全共斗最后一波）人一起行动，一起讨论，而且很喜欢谈政治。我当时算是个很难搞的人吧。

这段时间我读了太宰治，读了中原中也。学业一落千丈。在家庭科遇到了绘本，开始读起了石井桃子和内田莉莎子。古文老师推荐了《古文研究法》这么一本问题集，从那以后我在这一领域所向披靡。反之，我的理科成绩一跌再跌。我挺擅长英语的，但负责英文阅读的老师说我"读音很怪"，于是我彻底没了学英语的热情。我有个想做漫画家的朋友N向我推荐了冈田史子。在一个玩乐队的朋友介绍下，我认识了尼尔·杨。我开始认认真真听起了音乐，喝起了酒，喝到吐，还认认真真抽起了烟，用镇痛剂用得迷迷糊糊，反反复复地单相思，成绩跌到了最低点。

1974年：入学青山学院大学文学部日本文学科。考试全靠我唯一拿手的国语拿分了。高中快毕业的时候我患上了进食障碍，身心俱疲。我妈对每天吃不下饭的我没什么耐心，我们每天都在激烈争吵。我整日沉迷于中原中也、宫泽贤治、尼尔·杨、卢·里德、琼尼·米歇尔等人的作品中。不知为何，这段时间我没怎么读漫画。

1975年：我选了"新日本文学"文学学校的课程。当时，我深受讲师阿部岩夫的影响，毫不犹豫地选择了教授诗歌的班级，并且开始写诗了。写好拿给阿部老师后，得到了表扬，我的进食障碍也随之结束，不过转移到了药物依赖上。我写了好几年的诗，在阿部老师的建议下，和岩崎迪子一起办了诗歌杂志《偶然》(*Random*)。我还在日本桥的木鱼花店开始打工，熟练掌握了一把抓够正好100克木鱼花的手艺。我还曾经被来买木鱼花的顾客大妈骂表情太臭。当时我沉迷于模仿中原中也，所以打工的钱都拿去逛 Athénée Français[1] 了。

---

1 Athénée Français，日本1913年创立的一所法语学校。

1976年：开始给《现代诗手帖》投稿。在朋友N的推荐下给营销公司打工画插图。这一年尼尔·杨首次来日，在武道馆开了演唱会。

1977年：在大学朋友的邀请下，为《母亲是……》（诗的世界社，西弗·塞得林·福克斯著，渥美育子等译）梳理翻译初稿。为渥美老师创立的杂志《女性主义者》跑腿。有时候我还要负责配送杂志，会在新宿小巷里的女性主义中心参加一些很厉害的集会，还会有人让我在集会结束之后留一下。当时的我还未有过性交体验，所以被当时的场景震撼到了，着实体会到了血与肉的真实感。这一年我经历了初次性交，因为总觉得必须挑战一下试试了。这次性交毫无快感，和那个男人的关系也并未维持下去。

1978年：自费出版了第一本诗集《草木之空》（工坊出版企划）。我因此结缘了一些人，认识了一些人，还收到了一些人的鼓励，或多或少也得到了父母的帮助。新书出版前获得了第十六届现代诗手帖奖。收到了25000日元奖金的挂号邮件。求职考试只能考教职，屡战屡败，最后勉强考上了浦和市教委的临时岗位。入职浦和市立白幡中学，成为一名国语老师。虽然我在学生之间很有人气，但因为做事散漫，总是迟到，所以在同事和家长之间恶评不断。因为获得了一个给某杂志写漫画评论的机会，于是把丢了一段时间的漫画捡了回来，读了个遍。

当时的我每天过得极度幼稚，每天写的诗也是幼稚至极。但是那种幼稚至极、切开来仿佛能看到鲜血流溢飞溅的诗，我后来再也写不出来了。

1979年：我接下来的人生就是幼稚草率至极。执着于出轨恋爱，为此苦恼，伤痕累累。我妈忍受不了我出轨恋爱的做法，每天都在和我激烈争吵。于是我最终搬离家中，开始独居。和那个男人保持关系更是让我遍体鳞伤。我的进食障碍愈演愈烈，或许也和当时逐渐多起来的便利店有点关系。因为有了便利店，到了深夜也能买到食物了。我深陷出轨恋爱的烦恼之中，写下了《不要被扭曲》。

我虽然觉得自己很适合教师这份工作，但因为沉溺于恋爱、写诗，所以无法投入到教师工作中，只干了一年就辞职了。一时冲动，我就近和某编辑结了婚。但生活得并不顺利，苦恼更胜以往。我在苦恼之中写下了《我是便器吗？》。我们从新家驹込搬去了高圆寺，搬过去没几天丈夫就离开了家。独自住在高圆寺这片陌生土地上，我实在耐不住寂寞，于是开始养猫。我在某家出版社当了编辑，但很快就被社长喊去说"你更擅长搞创作"，然后把我开除了。后来我又独自生活了一段时间，最终弹尽粮绝，带着猫回了老家。这两年里，我堕了好几次胎，完全是自暴自弃。可以说是亲身证实了做爱是一种自残行为。在一段时间的迷茫之后，我找了份补习班的工作。这一年，有现代音乐的作曲家邀请我参加表演，关于声音的表现，我也思考了很多。这一年我认识了枝元直美。不过，我那时候还无法敞开心扉，对任何人都无法敞开。我像只受伤的野猫一样在东京兜兜转转。我本以为随意做做爱就好，但结果一点也不好。这令我感到更加孤独了。

在这种压抑苦闷中，我写下了《姬》（紫阳社）。

1980年：我的人生继续在幼稚草率的道路上狂奔。发生了很多很多事，开始和一个大学研究生N恋爱。这是我第一次和年纪相仿的男性谈恋爱，第一次在咖啡厅约会。人生变得积极了。我沉溺恋情，写下了《小田急线喜多见站沿线》。这一年我一直在补习班做讲师糊口。

因为《新锐诗人系列10 伊藤比吕美诗集》的装帧工作，认识了菊地信义。

1981年：参演了铃木志郎康的影像作品《比吕美——拔毛的故事》。透过镜头和志郎康导演进行了不少对话，学到了很多。夏天，恋人去华沙留学。12月波兰全国颁布戒严令。我因为担心，战战兢兢地到处收集新闻，写下了《波兰一触即发》。

1982年：追随在波兰留学的恋人N，在戒严令下赶赴华沙。在波兰文学者吉上昭三老师（N的恩师，他当时碰巧滞留华沙）的帮助下，我参加了本地日本人学校的国语教师招募，暗中发力拿到了签证。当时，某编辑曾经警告我："一年都不在国内，你会被人遗忘的。"但是在诗人集会上，八木忠荣对我说："就算把父母杀了你也得去。"于是我下定了决心。父母也反对我去，但见我意已决，所以迅速送我出国了。戒严令状态下的华沙只能通过维也纳入境，我在哥本哈根转机去了维也纳，随后向着有N在的华沙奔去。这是我第一次海外旅行，第一次坐飞机，第一次换乘，第一次去外国，第一次要说外语，第一次去社会主义国家生活。我和N一起努力生活，挨过了一段时间。住在华沙的岁月，在日本人学校的工作，对于我来说都是很棒的经验。休息时间我会去音乐教室听古典乐，那也是相当美好的经验。波兰语方面我彻底扔给了N，自己根本没努力。吉上老师的妻子也在工作，他把作为这种女性的丈夫应该怎么做的心得十分全面地告诉了N。吉上老师的妻子是我一直非常尊敬的绘本翻译家内田莉莎子老师。这对夫妇的生活方式给我们小夫妇俩带来了极大的影响。

创作了《青梅》(思潮社)。对于我来说,写诗真的很自由。

1983年:回国之后和N领了证,在练马区的某个角落过着贫穷又幸福的生活。当时我怀了孕,对将来满心不安。正在这时,N入职了熊本大学。我们大松了一口气。定好了要去熊本之后,我和N马上找出地图去看。那儿好远。

这一年我参与了书四山田的诗歌杂志《一十一》的工作,学到了很多。开始和荒木经惟一起在《现代诗手帖》上连载《领土论》。

1984年:春天,生下鹿乃子。晚夏,我们搬去了熊本。那年很奇怪,是结草虫大爆发的一年。在那倒错的每一天,我一边给婴儿喂奶,一边踩死了成百上千的结草虫。N开始在大学工作后,手头宽裕了些。我去商店买灯泡的时候,一时冲动买下了NEC(日本电气股份有限公司)文豪牌子的文字处理机,很贵,和我生个孩子花的钱一样了,但是一咬牙还是买了下来。和现在的电脑相比,当时的文字处理机功能很少,简直什么都做不到。打不出比较难的汉字,每隔十页就要把字重组一遍,存储用的软盘又薄又软，很脆弱。周围的诗人都批评我说，诗歌怎么能用文字处理机那玩意儿写呢！但是，这样一来我写的速度就和声音速度一样了。而且也更方便遣词造句了。我觉得用这个写诗，我更自由了。

当时，我读了《照叶树林文化》，非常投入。还读了《印第安人口传诗歌》，特别沉迷北美原住民的口传诗歌文化。还邂逅了《苦界净土》。

本想在和荒木先生一起连载的《领土论》中谈谈父亲的话题，但当时我正好被妊娠、分娩、喂奶接二连三地"袭击"，内心大为动摇，话题便向着生育这个方向爆发了。我不时地会跑去东京工作，一开始是抱着鹿乃子去参加朗读会或者开碰头会，于是就有了那首名诗《杀死Kanoko[1]》。在背着鹿乃子回熊本的路上，我在都营三田线西巢鸭站把这首诗交给了等在那儿的编辑老师。

育儿的这段时间里，N是我最强大的同盟。我们一起奋斗。在地方大学文学部就职，对于一个想要参与育儿的男性来说，这个教师身份和所处的环境都很不错。

1985年：作为诗歌杂志《一十一》的成员，我在各地

---

1 Kanoko虽是作者的大女儿鹿乃子的名字读音，但在诗中并不专指鹿乃子本人，故本诗原文为平假名书写。

参加朗读会。尤其是在"冲绳 Jean-Jean"小剧场的朗读会上，我确立了自己的个人风格。也就是在这段时间，我一边给婴儿鹿乃子喂奶，一边朗读着《杀死 Kanoko》。当时，佐佐木干郎参与了密歇根的诗人旅居计划，我也想去，我当时就是特别特别想走出去。因为当时很沉迷印第安人口传诗歌，所以很想去美国。在佐佐木干郎的介绍下，我认识了一些美国的诗人，但我发现自己根本说不出几句像样的英语，我大为震惊，开始去熊本的英语对话教室上课了。鹿乃子在附近的公立保育园排队等待入园，进入 4 月之后她就入园了。自此之后，就由保育员们长时间照顾她了。

出版《好乳房坏乳房》（冬树社）。当时正流行新学院派，年轻男编辑满脑子惦记这个，催我："写点什么呗。"我回答："如果让我写怀孕生孩子的事，那可以。"随后，我就用买来的文字处理机一气呵成地写完了这本书。

出版《领土论 2》（思潮社）。感受到了自由。

1986 年：初夏，生下沙罗子。这是第二个孩子，我养得很放松，也很疼爱她。我对自己的这种变化感到吃惊。鹿乃子很黏着她父亲。N 和我这一年都在忙着工作，在家里也一直处于战斗状态。我开始在育儿杂志《幼儿》（petitenfant）连载《肚皮、脸蛋、屁屁》。我发现自己写得越多，越能和他人之间建立起联系。从这一年起，我演讲的工作也逐渐多了起来。演讲的主题大多是关于"育儿"的。在讲坛上，我能看到无数疲惫的母亲听着我讲话，表示同感地拼命点头。我本以为只有摇滚歌手才能感受到那种一体感，但作为诗人我也感受到了，这一年，我知道自己能做到了。我还遇见了平田俊子，一起短暂地办了一段时间的同人志。

出版《女人的民俗学》（平凡社，与宫田登共著）。深深地沉溺在女性的产育文化之中。

1987年：出版《领土论1》（思潮社，与荒木经惟共著，装帧由菊地信义负责）。感受到了极大的自由。

出版《肚皮、脸蛋、屁屁》（妇人生活社）。这本书创作得十分自由。

参加《北方朗唱》（高桥睦郎、佐佐木干郎、白石和子、吉增刚造、天童大人）。关于朗读、旅行、诗人的生活方式，我学到了很多。（在新加坡）初次参加国际文学研讨会，思考了很多。

1988年：这一年接了太多工作，身心俱疲。虽然都是很有意义的工作，但我又觉得自己真正想做的事情反而做不到了。N也开始猛烈工作了，我们一家的状态就是两个工作强度抵达顶峰的大人和两个幼儿。可以说是乱成了一团。

这一年我拿到了驾照，于是又趁机提交了国际驾照的申请，周围人劝我最好放弃，但我还是申请到了。几天后，N要去华沙大学任职，于是我们去了波兰。他上一任老师开的车就留给了我们，我马上就拿来开了。多亏与朋友的丈夫（波兰人）同乘了几日，如今开车常用的词汇在我这儿还都是波兰语。上次去波兰的时候，我凡事都依靠N，这次N的工作忙碌，于是我也只能开始用起了我那词汇匮乏的波兰语。我把两个孩子送进了波兰的幼儿园，但她们都适应不了幼儿园的环境。在这段日子，我写下了《肚皮、脸蛋、屁屁在波兰》和《巫女与灵媒》。

出版《现代诗文库94 伊藤比吕美诗集》（思潮社）。

1989年：回到日本后，父母已经搬去了熊本。自此以后，熊本就算我的老家了。

出版《肚皮、脸蛋、屁屁还有大腿》（妇人生活社）。

1990年：我对生活没有任何不满。丈夫很好，工作充实，孩子们也很健康。旁人常说我们是一对和谐的夫妇、理想的夫妇。我很讨厌被这样套进框框里，真的非常非常讨厌。但我自己本身也没有多受欢迎，所以只要有工作找上来，我都不会拒绝。

这一年我参加了日德女性作家会议，认识了伊尔梅拉·日地谷·基尔希内雷特，和很多作家交谈，思考了很多东西。认识了田中美津、斋藤学，也知道了进食障碍自助组织——NABA。了解自身，这本身是很有意义的，但也是危险的。在金关寿夫老师的引荐下认识了美国诗人杰罗姆·罗森伯格和他的妻子戴安。罗森伯格是研究美国原住民口传诗歌的专家。这一年我还接触了说经调，十分沉迷。我还和平田俊子一起去了蒙古国，站在大草原上，我思考了很多事。

这阵子，我身边的情况纷繁复杂，人生真的会经历各种各样的事啊。

1991年：和N离婚，但此后我们依然以家人的身份住在一起。人生真的会经历很多事，很多很多事啊。我开始骑马，一开始是去阿苏的西部牧场，然后去了熊本的骑马俱乐部。我那阵子真的非常拼命地在骑马，也吃了很多的马肉。在金关老师的指导下，我离家三个月，拜托了罗森伯格夫妻，去了美国，踏上了研究北美原住民的口传诗歌之旅。此行，我与罗森伯格夫妇的朋友——英国画家H相遇。这一趟真的发生了很多事。我还记得我回去后给罗森伯格先生打电话时，曾对他说："我本来想把这一趟旅行当成寻得启示之旅，但我却失败了，什么也没寻到。"

出版《巫女与灵媒》（平凡社，与上野千鹤子共著）。有上野女士拉着缰绳，我感觉自己可以肆意暴走了。

1992年：深陷恋爱的苦恼。和平田俊子一起去了爱尔兰，站在阿伦群岛的峭壁之上，我想了很多很多。和平田女士分开后，我去了英国，又遇到了 H，此后又发生了各种各样的事。

出版《家庭艺术》（岩波书店）。开始在作品中加入说经调。

出版《开朗厌食，健康过食》（平凡社，与斋藤学共著）。组稿时我瘦得相当厉害。

1993年：在 H 居住的加利福尼亚和日本间不断往返。因为恋爱、家庭问题，还有自己的问题，我开始滥用抗抑郁药物和安眠药物，身心俱疲。这一年发生了很多很多事，家中甚至已经没了我的容身之地。我那去过印度的主治医师向我推荐了饮尿疗法，我也尝试了。为了治疗抑郁症，我尝试了各种各样的活动。骑马、游泳、其他有氧运动、合气道等。同时，我开始积极地辗转各地，举办朗读演讲。在奔波中，我尝试让自己打开一些东西。这一年我完全没有写诗，什么都写不出来。但我的头衔还是诗人。

我一边觉得自己有名无实，一边还在做着朗读的工作。

出版《肚皮、脸蛋、屁屁 比起孩子，父母更重要》（妇人生活社）。我发现那些在《幼儿》投稿的妈妈，经常会因为打了孩子、过度辱骂孩子而苦恼。

出版《我是安寿姬》（思潮社）。我写了好多好多，我还活着。

1994年：我仍深陷抑郁的混沌之中。这一年应该也发生了很多事，但我却都不记得了。我似乎还曾入住精神病院，但也没有任何记忆了。

出版《肚皮、脸蛋、屁屁在波兰》（妇人生活社，与西成彦共著）。

1995年：春天，发现自己怀孕了，非常震惊。无尽的苦恼之后，我决定把孩子生下来。秋天，我去美国生下了小女儿小留。枝元直美来照顾我，为我做了口味不甜的红豆椰奶，是那味道滋养了我的产后生活。这一个月我在美国属于非法逗留，这段记录的恶果一直残留了很久。

出版《手、足、肉、体》（筑摩书房，与石内都共著）。这本书的内容是从前一年开始在 $Switch$[1] 杂志上连载

---

1 日本文化杂志之一，内容涵盖电影、音乐、艺术、时尚等方面。

的。我曾想光着身体,让石内都老师为我的手心脚底拍照。这一年我的进食障碍复发了(进食障碍的特征之一就是在消瘦时更想在人前露脸)。

出版《家庭的医学》(筑摩书房,与西成彦共著)。在这本书里,我们两人都非常努力地思考了家庭崩坏的问题。

1996年:我的家庭依然在动荡。我和N的家庭关系最终分崩离析,我决定带着孩子们搬去加利福尼亚,和H组建新的家庭。这段日子我一直用传真机和枝元联系,创作了《吃了什么?》。

出版《无处可去!》(朝日新闻社)。这段日子里,我没有任何容身之处。

出版《现代语翻译樋口一叶〈浊流〉等》(河出书房新社)。这本书唤醒了我的翻译欲。

1997年:2月,我带着孩子们搬去了加利福尼亚。此后,每年夏天我都会带着孩子们回熊本住一段时间。对熊本的自然文化等的感情也逐日加深。我和H没有领证,我对他没有像对N那样能够敞开心扉,我们选择了生活费AA,完全不去照顾彼此的同居的形态。我的工作突然减少了很多,为了多赚点生活费,我开始创作起了小说,但过程很不顺利。女儿们开始经历青春期和对外国文化的不适，十分棘手。H也上了岁数，接受了好几次手术以及疗养。我完全顾不上工作，也没心情再考虑工作变少的事情，每天都在拼命，都在烦恼。之前非法滞留的问题波及至今，为拿到护照费了好大的劲。最终以艺术家身份申请永住时，我找了各种人写推荐信，又为自己的非法滞留缴纳了罚款，总算是扫清了障碍。我的文字处理机（几年前买的）也替换成了电脑。

1998年：在《西日本新闻》报纸上开始以"关于个人情况的商谈"为主题连载内容。这段日子里，我写了三本小说：《室内植物》（1998年）、《拉尼娜》（1999年）和《三个小小日本人》（2001年）。写完小说后，我开始思考起了自己和N之间的关系。我为什么一定要离开N呢？接下来该怎么做才好呢？我应该再重新思考一下才行。

夏天，开始养狗，起名茸茸。狗狗是朋友家出生的一只德牧，来我们家时还是个只有三个月大的幼犬。那之后的两年内，我带着沙罗子和狗狗，每周都去犬类训练教室上课。这一年，因为厄尔尼诺的关系，加利福尼亚雨水很多。

出版《啊，找到了》（福音馆书店，牧野良幸绘）。这是我创作的第一本绘本。

1999年：开始沉迷室内园艺。连续做了两年芥川奖的候补，我已经有畏惧心理了。《幼儿》原编辑关口香拿着一首不知是谁作的英文诗来找我，请我把它翻译过来。我迅速翻译好发给了她，她把译文放在了网络上，得到了广泛传播。2013年，这首诗以绘本的形式出版。

出版《拉尼娜》（新潮社）。获得第二十一届野间文艺新人奖。在颁奖仪式上，黑井千次老师对我（黑井老师会对新人予以温柔的指导，当时对我的态度也非常和蔼）说："从此以后，你得认认真真对待小说了。"我思考过了要不要这样做，可是，我又没有能够认真对待小说的自信，不由得感到前路黯淡。

出版《吃了什么？》（杂志之家，与枝元直美共著）。这本书是几年前我和枝元往复发送传真的内容总结。

2000年：我开始沉迷最古老的佛教传说《日本灵异记》。沉迷的契机，是其中浓郁、原始、直截了当的情欲。11月1日的亡灵节，我和枝元直美一起去了墨西哥。

出版《伊藤不愉快制作所》（每日新闻社）。这本书是两年前连载于《每日新闻》的作品《草莓妹妹的奶奶》的总结。里面写了鹿乃子青春期的各种逸事。组稿的时候，鹿乃子的心态已经稳定下来了，沙罗子依然很难搞，小留则整日恶作剧。

出版《木天蓼》（集英社）。这是我的第一本饮食随笔集。在饮食方面我似乎一直都在吃苦。但是我又必须思考饮食，而且从国外的文化之中我也体验到了很多。我有好多好多东西想写。

2001年：在津岛佑子的邀请下，参加了日印作家远征队，思考了很多很多事。

出版译作《风儿不要来》（*Out of the Dust*）（理论社，凯伦·海瑟作）。我在书店里偶然见到了这本书，于是买回去送给了沙罗子。当时，沙罗子适应不了生活环境，每天都过得进退维谷，非常煎熬。后来我问她有没有读，她说这本书非常有趣。于是我便将这本书推荐给了理论社。沙罗子还帮忙做了这本书的翻译初稿工作。我当初是想通过语言去了解孩子情况的，实际上我也真的了解到了她在想什么，了解到了她的状态。这本书的主角和沙罗子年纪相仿，状态也很相似。

2002年：秋季，鹿乃子离开家独立。

出版《万事OK》（新潮社）。从这一年起，我已经顺畅掌握了一周一次商讨人生的活动。

2003年：加利福尼亚山火频发。

出版《小奈的夏天》（福音馆书店，片山健绘）。自从搬去加利福尼亚，我每年都带着孩子回日本。这段日子里，我眼中的日本和之前一直居住的日本完全不同。它的风景之中似乎也呈现出浓烈的生命与死亡。

参与了《主题读解日本文学》（小学馆，津岛佑子、中泽启等）的项目。从津岛老师那里拿到了"说经调"和"曾我物语"两大主题，扩展了不少眼界。我感觉自己似乎总在拖拖拉拉地原地踏步，于是开始思考：眼下似乎不该再把精力放在写不出的小说上。

2004年：在新井高子的邀请下，为诗歌杂志《看呀》写了诗，并决心转投诗歌创作。我将写到一半的小说内容悉数投进了诗歌之中，构思了长长的一首叙事诗，开始在"老朋友"《现代诗手帖》上连载。这是我时隔十三年创作诗歌。翌年集结成为作品《河原荒草》。一开始创作方法我都忘了，随后，我又一点点地回忆了起来。我发现自己果然还是擅长写诗，适合做诗人。

秋天，沙罗子离开家独立。父母年事已高，我开始频繁在加利福尼亚和熊本两头跑。父亲被诊断为有一级看护需求，我也由此认识了护工S。自那之后，S作为护工主任一直关照父亲，直到父亲过世。

出版《日本的灵异故事》（朝日新闻社）。本作品在杂志《小说旅行者》上连载了两年。因为被《日本灵异记》的色情感深深吸引，于是我着手将其翻译成了现代语。我绞尽脑汁在其中摸爬滚打，一直到这本书打样为止，我都搞不清楚自己究竟在干什么。我一边修改着排版稿，一边认识到：我真正想创作的其实是诗歌。在创作这部作品时，我开始对经文产生了兴趣。

出版《爱之歌》（筑摩书房）。困苦时期写下的文章在这一年终于集结成册。

出版《肚皮、脸蛋、屁屁和小留》（PHP研究所）。这是"肚皮、脸蛋、屁屁"系列的最后一本。《幼儿》已经停刊了，妇人生活社也已不存在。照顾了我二十年的《幼儿》主编T老师在这本书的出版方面很照顾我。

2005年：出版《河原荒草》（思潮社）。这本书宣告了我的诗歌复活。负责装帧工作的是菊地信义。

这一年的冬天，加利福尼亚遭遇百年一遇的多雨之冬。迎来了百年一遇、茂盛蓬勃的绿色之春。初春时节，我去了红杉国家公园。被那里的参天大树所感动。

从这一年的9月到12月，我带着小留回了熊本。虽然此行是想让小留把日语学扎实，但碰巧（可以这么说吗？）母亲倒下，父亲开始独居了。与此同时，我的伴侣H查出心脏病，在加利福尼亚接受了一场大手术。我想回却回不去。回头再想想，真不知道自己是怎么熬过那四个月的。为了让父亲顺利独居，我费尽了手段。正巧运气不错，当时我开始在《群像》上连载起了《镊子 新巢鸭地藏缘起》。一直以来想用现代诗去创作说经调的尝试成功了。说经调原本就是讲述女性苦难的一种艺术形式。现代女性的苦难，有金钱上的、男性上的、孩子上的、看护上的……我发觉自己承受了这一切的苦难，于是便以自己为主人公开始倾诉。在倾诉的过程中，现实的苦难也由此而略微减轻。

出版《让我们开口说英语》（岩波书店）。一直以来，我都非常希望能将使用英语去生活（去吃苦）的事情结集成册。

出版《绿植大妈》（筑摩书房）。书中讲述了我对观叶植物们狂热的爱。

2006年：为了看护家人，我频繁地往返于熊本和加利福尼亚之间。在熊本也渐渐交了些朋友。《镊子》（简称）连载时，我频繁地前往巢鸭的镊子地藏尊高岩寺。还暂借了中泽启老师个人主页的一片地方，开始写起了博客。我的《河原荒草》获得了第三十六届高见顺奖。这是我第一次获得诗歌奖候补，也是第一次获奖。

2007年：出版《镊子 新巢鸭地藏缘起》（讲谈社）。写这本书的时候，我有一种"一直想要创作诗歌的愿望终于实现了"的感觉。本书获得了第十五届荻原朔太郎奖，以及第十八届紫式部文学奖。

出版《郊狼之歌》（Switch出版社）。在连载《镊子》的同时，我在杂志《郊狼》（Coyote）上也连载了《郊狼之歌》。我在其中将印第安人民间故事（而且专挑了色情内容）和自己创作的诗歌组合在了一起。我想通过创作去思考自己为什么要待在美国。这一年我依然在熊本、东京、加利福尼亚三地奔波，在日本积极参与朗读会和演讲。尤其是在九州这边十分活跃。秋季，我在美国国内自由自在地过了几天。

出版《那时候，冲田老师还在》（理论社）。在书里谈到了清水老师、矢田老师、冲田老师等等。

出版《想到死亡 我们终将成佛》（平凡社，与石牟礼道子共著）。关于死亡的事，和受人尊敬的石牟礼道子老师聊聊就懂了。

2008年：春季，参加朗读计划"诗人的声音"（天童大人企划），进行了一番许久未曾经历过的满意朗读，我对朗读的热情被再度点燃。夏季，我们全家去了英国。和熊本的伙伴们集结成"熊本文学队"，和很多人相遇，产生关联。在《小说旅行者》上连载《海千山千》(后改名为《读解〈般若心经〉》)。我那阵子每天收集并阅读佛经,我也不晓得自己读不读得懂。

出版《女人的绝望》(光文社)。《镊子》的连载结束后,开始在《小说宝石》上连载作品。我不想被《镊子》的那种讲述型文体所纠缠。于是选择了一种落语文体进行创作。我不想让这部作品紧紧围绕着"我自己的问题"去表现。于是这本书的形式就变成了人生商谈式。它是以《西日本新闻》连载的《万事OK》为基础去创作的,不过内容本身是虚构的。

出版译作《你要前往的地方!》(河出书房新社,苏斯博士原作,改译版)。我偶尔会在朗读会朗读这部作品,也常会被内容感动,觉得作者写得很好。

2009年:樱花开放之时,母亲去世。几天后,我在博客上写道:"明明是第一次面临亲人去世,但我的内心还算平静。母亲卧床不起五年,在这段时间里,我可能一直在模拟她离去的场景吧。"父亲成了孤家寡人,我回熊本的频率更高了。

这阵子我开始在福冈周边举办"现场直播·万事OK"的活动。聚集了很多前来找我商谈的客人,我当场为大家解答疑惑。算是一种寂庵法话式演讲会吧。最后收尾时,我会朗读我的作品《新译〈般若心经〉》。我被选为《我发现了》(*Eureka*)的新人栏推选人，开始阅读他人的诗歌。我想，我也是从这时起开始反哺一直培养我的诗歌圈子的。同时，我还在一个电视节目上担任主持，做常规出演。这个电视节目名字叫《男子禁制》(*LaLa TV*)，它的形式就是由我来接受三名女性的人生商谈，并为她们解答。在这一节目之中，我遇到了也再会了各种女性。

出版英译诗集 *Killing Kanoko*（《杀死 Kanoko》）(Action Books[1]，杰弗里·安格鲁斯编译)。在这段日子里，我终于有种在美国找到些容身之处的感觉。

2010年：父亲的存在使我感觉越发地沉重了。我拼了命地频繁跑回熊本，拼命地给他打电话。还忍不住和编辑老师发牢骚，讲述自己有多痛苦，内心多沉重。于是编辑劝我把和父亲的对话记录下来。

出版《读解〈般若心经〉》(朝日新闻社)。多亏这个工作，我开始逐渐沉迷起了经文和佛教。一开始可能单纯是出于好奇。后来我读到了《般若心经》，逐渐走到了意料之外的境地。在创作这本书的时候，茸茸的弟弟死了，它老家的父亲也死了。我前夫的父亲去世了。我的恩师也去

---

1 美国的一家出版机构。

世了。母亲也去世了。死亡整日充斥着我的头脑。

出版《好乳房坏乳房》（完全版）（中公文库）。在二十五年前的作品里，我说错了一些话，也落下了一些话没说。关于自闭症，我当时根本不了解（反省），而且，我当时也没意识到自己写下的文字有可能会伤害到他人（反省）。如今的世道，人们已经忘记该如何疼爱孩子了。所以，不该一个劲地扩散一些对孩子比较负面的意见，应该先把"孩子很可爱"这个根本性的观念说出口才行。如今的我，是抱着把二十五年前的自己"终结掉"的想法重写并添补这本书的。我感觉非常爽快。要是人生也能如此，在二十五年后重新改写一遭，那该多好啊。

2011年：出版《肚皮、脸蛋、屁屁》（完全版）（中公文库）。这本书也属于对自我的"终结"。

出版《开朗厌食，健康过食 回归》（平凡社，与斋藤学共著）。不仅以当事人的身份，还以当事人母亲的身份增添了一些新的观点，这本书也算是时隔十九年的"回归"了。

2012年：春天，父亲去世。第二天我在博客上写文："因为父亲的去世，我忙得不得了。请大家尽量不要发悼念邮件给我了。如果近期能尽量别来找我，那就更好了。我光是应对亲戚们就已经到极限了，请大家原谅我。而且我的地址也变了，暂时住址未定。"

初夏，鹿乃子的孩子出生。就是人们说的"外孙"。盛夏时节，父亲的狗路易被带去了加利福尼亚。茸茸老得厉害，腿脚越发不方便了。我把这部分经历融入了《犬心》的创作中。我开始沉迷发酵食物，红茶菌、盐曲等，忙着培育起了菌类，再度开始骑马，开始学跳尊巴，处理了父亲的家，以上种种日常生活，都被我写在了《汉子（女人）》的文章之中，连载于《妇人公论》上。后更名《闭经记》，出版成册。冬天，茸茸死了。那一天，我在博客上写道："我感觉死去的茸茸还在这儿。它盘卧在沙罗子的垫子上。茸茸的存在正一点点从这个房间里稀薄下去。台面上，路易还和平时那样打着盹。它那毛茸茸的身子和鼾声，都是它还活着的证明。"

出版《用生硬的声音朗读〈叹异抄〉》（普纽玛舍）。我对佛教的好奇心无比高昂，忍不住开始读起了亲鸾。这段时间的奔波令我疲惫到了极点，我动不动就在随笔中发起牢骚。

出版《比吕美的万事OK》（西日本新闻社）。集结了我这十五年间每周的商谈回复。在九州北部，我给大家的印象更像是个做人生商谈的大妈，而非诗人。

出版《狸子》（福音馆书店，片山健绘）。又去熊本过夏天了。

2013年：往返日本的频率降低。秋季，小女儿小留离家独立了。冬季，我独自去了柏林，在那边暂住了一阵子。

出版《闭经记》（中央公论新社）。写这本书时的感觉，就和之前在《幼儿》上连载《肚皮、脸蛋、屁屁》时一样，我感觉读者、我自己，还有编辑的情绪都严丝合缝地重叠在了一起，我感觉自己成了代替大家发言的人，非常开心。我在书中聊到了更年期和绝经的事，也聊了父亲的死，并且重新思考了母亲的死。

出版《犬心》（文艺春秋）。父亲的衰老和茸茸的衰老时期是完全重叠的。茸茸一直都在我身边，从小时候起一直到去世。我作为茸茸的"妈妈"，一直看护它直到它去世。

出版《今日》（福音馆书店，下田昌克绘）。

2014年：这段日子我一直在研究植物的语言。感觉头发好像开始产生光合作用了。开始在南加利福尼亚的日语情报杂志《灯塔》连载人生商谈版块《海千山千》。春季，和H两人一起去了英国，在伦敦暂住了一段日子。

夏季，路易死了。那一天，我在博客上写道："沙罗子哭着对死去的路易说：'你见到外公外婆之后，别忘了跟他们夸夸自己，告诉他们你自己去了美国，还学会了英语哟。'"

出版《父亲的人生》（光文社）。

出版《木灵草灵》（岩波书店）。

《闭经记》《犬心》和《木灵草灵》这几本书，我几乎是在同一时间段内创作的。作为女人如何生活、对老狗的观察（还有它的排泄）、和父亲的交流、对植物的观察……这几本书的主题各不相同，但究其根本其实都一样，那就是生与死。我观察着，记录着。一边往返两地，一边坚持写作。

出版《老师！要如何死才好呢？》（文艺春秋，与山折哲雄共著）。这是从看护主题的四连作中衍生出来的一部作品。它或许也可以说是2007年出版的《想到死亡 我们终将成佛》的续作。

秋季，出版了杰弗里·安格鲁斯的第二本翻译诗集 *Wild Grass on the Riverbank*，也就是我的《河原荒草》。眼下，我以伴侣身份去观察H的老去。准备完成《生而为女，不必抱歉》。

（2014年8月记）

【追记】

2014年：这一年秋季出版了《生而为女，不必抱歉》（岩波新书）。

2015年：H开始坐轮椅，他出门去任何地方都需要我陪伴。秋季，我们从动物收容所领回了一只年轻的雄性德牧克莱默。这一年，我获得了第五届早稻田大学坪内逍遥大奖。

出版《新译 说经调》（平凡社，一之关圭绘）。终于对长年阅读的说经调"下手"了。出版译作《丽芙卡的旅程》（理论社，凯伦·海瑟作，与西沙罗共译）。这本书是第一次明确写明二女儿沙罗子是我的共译者。出版译作《日本灵异记/今昔物语集/宇治拾遗物语/发心集 日本文学全集08》（河出书房新社，共译）。对景戒和长明的爱基本等同于鸥外。出版《石垣凛诗集》（岩波文库，编辑、解说）。解析前辈诗人的经历是非常骇人的体验。

2016年：H反复住院出院，我在两地的往返频率更胜父母那时候。4月，在熊本经历地震。我和H从康复机构搬回自家，他在自己的工作室内离开人世。只剩我一人了，真孤独啊。

出版《禅教室 通过坐禅了解佛教精髓》（中公新书，

与藤田一照共著）。但是，我尚未抓住精髓。

出版《能·狂言/说经调/曾根崎心中/义经千本樱/假名手本忠臣藏 日本文学全集10》（河出书房新社，共译）。尝试翻译了《苅萱》。

2017年：每天的生活就是带着狗狗散步。孤独得就好似生活在真空环境中。接受了早稻田大学的邀请，开始考虑回日本生活。

出版《切腹考》（文艺春秋）。喜爱了森鸥外十年，最后找到了归宿，在那里，我再不会想起H的死。

2018年：春天，我带着狗狗克莱默一起回国。虽然定好要在早稻田大学文化构想学部文艺传媒论系任教三年，但我人住在熊本。和学生交流非常有趣，但自己的工作越来越应付不来，往返奔波也很辛苦，我感觉自己陷入了人生危机。

出版《美味》《身后无遗物》（两本书都由中央公论社出版）。我将H死去前后的经历写成了散文。

出版《老师，我想和您谈谈人生》（集英社国际，与濑户内寂听共著）。关于死亡，我请教了敬爱的寂听老师。这一年的2月，石牟礼老师去世。

2019年：继续在早稻田任教。因为太过疲劳，所以会出现很多情绪化的瞎逛乱跑的情况，随之陷入了更深的危机，完全进入了恶性循环。夏季，拿过境签去了趟华沙。和诗人同行创立杂志《校际诗作》。这一年我获得了第二届种田山头火奖。

出版《小奈的夏天》（福音馆书店，片山健绘）。这本讲述生与死的绘本终于出了单行本。

出版《奶奶曾在这儿》（福音馆书店，MAYA MAXX绘）。这本书讲的也是生与死的话题。

（2019年8月记）

后记

"生而为女",对于我来说可不算陌生话题。仔细想来,可以说我在自己人生的各个阶段都写到过这个话题。我想,"生而为女,不必抱歉",大概就是我一生的主题吧。所以,我才会真挚地思考各种问题,也会在思考中认识到,在一些问题上,只有我过去曾创作出的那种表达才最准确。重新阅读,我依然觉得还是当初的那种表达最准确。真神奇啊,我竟一直遵循着我自己独有的模样去生活。

然后呢,我就一直在沿袭着自己。首先,是网罗女性一生的《女人的绝望》。然后是眼下依然在连载中的《万事OK》。有育儿时期写下的《好乳房坏乳房》《肚皮、脸蛋、屁屁》,以及"肚皮、脸蛋、屁屁"系列。有讲青春期的《伊藤不愉快制作所》《那时候,冲田老师还在》。到我自己也上了岁数,我写了《读解〈般若心经〉》送别双亲,我写下了《闭经记》《父亲的人生》,然后"某个女人的一生"出自《续·伊藤比吕美诗集》。接下来,我想说些真心话。

女人会做的事，我大抵已经体验过了。不，不，我还未体验过的经历有很多，但我向体验过的人认认真真请教了。诸位，真的谢谢了。

以前搞创作的时候，我内心始终怀抱刚刚体验到的感动和好奇。如今这种感觉已经没了，我很难再写下什么，整天就在一个字也写不出来的状态下度过，一直挨过了截稿日，我这样真的给岩波新书编辑部的上田麻里老师添了很多麻烦。虽然类似"并肩奋斗""坚强忍耐""真的非常感谢"一类的话，我已经说得够多了（但我还是想说）。创作这本书的时候，我们两个人就好似手拉着手，一起跑过了隐藏着妖魔鬼怪的森林一般。我们都活了下来，我现在甚至还在写这本书的后记，想想真是不可思议。

值此时机，可以留下这么一句感慨：

当我在如今这种平静的状态下去审视女人的一生时，我自己的模样就这样鲜活地浮现了出来。就是因为我一直活下来了，活到了现在，所以才能如此达观、如此宽容吧。如果我不是如今的模样，恐怕根本写不出这些内容吧。之前我出版《女人的绝望》时，上野千鹤子女士曾对我说："下次写一本《女人的希望》吧。"我答应了。那么这一次，我算是履行了诺言吧。

伊藤比吕美

2014 年 8 月

伊藤比吕美

1955年出生于东京。诗人。

1978年获现代诗手帖奖。因新颖的诗歌创作手法而受到瞩目。第一部诗集《草木之空》（工坊出版企划）出版后，又发表了《青梅》《领土论1》《领土论2》《伊藤比吕美诗集》等诗歌作品。作品《河原荒草》（以上皆为思潮社出版）于2006年荣获高见顺奖。作品《镊子 新巢鸭地藏缘起》（讲谈社）获2007年获原朔太郎奖。2008年获紫式部文学奖，2019年获种田山头火奖。2020年，获得颁给东亚诗人的瑞典Cicada（蝉）文学奖。自1997年赴美后，在加利福尼亚和熊本两处进行活动。2018年归国，此后三年于早稻田大学任教。

另有《好乳房坏乳房》（完全版）（中公文库）、《读解〈般若心经〉》（朝日新闻社）、《闭经记》（中央公论新社）、《犬心》《切腹考》（文艺春秋）、《父亲的人生》（光文社）、《木灵草灵》（岩波书店）、《行路》（新潮社）、《必然的死亡来临前，活下去 我的经文》（朝日新闻社）等著作。